O HORROR DE DUNWICH

H.P. LOVECRAFT

Ilustrações de João Victor de Lucena

Tradução de Isabela Monteiro

O HORROR DE DUNWICH

TORDSILHAS
FABULOUS CLASSICS

O HORROR DE DUNWICH

ISBN: 978-85-7881-721-3

Translated from original The Dunwich Horror. PORTUGUESE language edition published by Tordesilhas Fabulous Classics.

Impresso no Brasil – 1ª Edição, 2025 – Edição revisada conforme o Acordo Ortográfico da Língua Portuguesa de 2009.

Dados Internacionais de Catalogação na Publicação (CIP) de acordo com ISBD

L897h Lovecraft, H. P.

O Horror de Dunwich / H. P. Lovecraft. - Rio de Janeiro : Tordesilhas Fabulous Classics, 2025.
112 p. : il. ; 15,4cm x 23cm.

ISBN: 978-85-7881-721-3

1. Literatura americana. 2. Ficção. 3. Horror. I. Título

2023-1604 CDD 813
CDU 821.111(73)-3

Elaborado por Vagner Rodolfo da Silva - CRB-8/9410

Índice para catálogo sistemático:
1. Literatura americana : Ficção 813
2. Literatura americana : Ficção 821.111(73)-3

Produção Editorial: Grupo Editorial Alta Books
Diretor Editorial: Anderson Vieira
Vendas Governamentais: Cristiane Mutüs
Coordenadora Editorial: Mariana Portugal
Produtor Editorial: Marlon Souza

Tradução: Isabela Monteiro
Copidesque: Rafael de Oliveira
Revisão: Luiza Thomaz; Evelyn Diniz
Capa: Beatriz Frohe
Diagramação: Joyce Matos
Ilustração: João Victor de Lucena
Aparato: Ana Clara Mattoso
Leitura sensível: Mariana Santana

ALTA BOOKS
GRUPO EDITORIAL

Rua Viúva Cláudio, 291 – Bairro Industrial do Jacaré
CEP: 20.970-031 – Rio de Janeiro (RJ)
Tels.: (21) 3278-8069 / 3278-8419
www.altabooks.com.br – altabooks@altabooks.com.br
Ouvidoria: ouvidoria@altabooks.com.br

Editora
afiliada à:

ASSOCIADO

INTRODUÇÃO

“Górgonas, Hidras e Quimeras — histórias horripilantes sobre Celeno e as Harpias — provavelmente se reproduzem no cérebro da superstição — *mas já existiam*. São transcrições, tipos — os arquétipos estão no nosso interior e são eternos. Senão como aquilo que, quando lúcidos, sabemos ser falso poderia nos afetar? Porventura concebemos naturalmente o horror a partir de tais objetos, considerados capazes de nos provocar danos físicos? Oh, de forma alguma! *Esses horrores são demasiadamente antigos. Datam para além do corpo* — ou, sem este, seriam os mesmos... O tipo de medo abordado aqui é puramente espiritual, intenso em proporção à sua falta de objetos terrenos, predominante no período da nossa imaculada infância... denota dificuldades cuja solução pode conceder alguma provável introspecção sobre nossa condição anterior à criação do mundo e uma espreitada, ao menos, da zona das sombras da preexistência.”

— Charles Lamb,
Witches and Other Night-Fears

["Bruxas e outros medos noturnos", em tradução livre.
Sem publicação no Brasil].

H.P. LOVECRAFT: O POLÊMICO CÂNONE DOS SUBMUNDOS

H.P. LOVECRAFT, UM MERGULHO PROFUNDO

Imagine um autor de histórias de terror. Agora, tente imaginar quais seriam os possíveis motivos que o levariam a mergulhar na criação desse universo. Seria ele um escritor atormentado por suas próprias sombras? Ou apenas alguém que se atrai pelo fantástico, pela possibilidade de criar um mundo regido por forças diferentes daquelas às quais estamos habituados? Pois existe no gênero do horror um quê subversivo. Uma certa inconformidade com as normas sociais e um flerte com o desejo de transgredi-las. Dependendo do autor, isso pode se traduzir na escrita a partir de diferentes recursos, assim como pode se manifestar por meio de diferentes motivações. Nem sempre conseguimos rastreá-las, mas a tentativa é sempre fértil. Ao nos debruçarmos sobre um clássico da literatura, estamos também abrindo uma janela para conhecermos um outro tempo. E é justamente o exercício de desvendar por que esse tempo ainda reverbera no nosso que torna um clássico inesquecível.

Se você faz parte da comunidade de entusiastas dos contos de terror, provavelmente já ouviu falar do nome de H.P. Lovecraft. Na verdade, tratando-se desse autor, não precisa nem ser exatamente fã do gênero para ter se deparado com alguma de suas obras. Pode ter sido uma breve menção em um texto aleatório, ou um vislumbre de seus livros em um sebo ou em uma coletânea de clássicos. Quem sabe você não tenha escutado outros autores e cineastas contemporâneos discutindo sobre sua relevância. Ou talvez tenha assistido algum filme inspirado em um de seus contos. No entanto, também é possível que este seja o seu primeiro encontro com

H.P. Lovecraft. Se for esse o caso, precisamos alertar que o autor é uma dessas figuras genialmente controversas, cujo nome marca não apenas uma época, como a transcende, alcançando outras gerações e instigando novos debates em torno de sua produção e biografia.

Mas voltemos à pergunta inicial: quais seriam as possíveis motivações que levariam um autor a mergulhar no universo do terror? Quando se trata de H.P. Lovecraft, essa questão se adensa em complexas camadas. Seria sua própria história de vida? A loucura que afligia seus pais, as doenças que acometiam seu corpo, a herança conservadora inglesa, a biblioteca de seu avô, sua adoração pelo cosmos e sua devoção aos estudos em astronomia, a influência de Edgar Allan Poe, mestre do terror, desde seus primeiros anos como leitor?

Em outra perspectiva, podemos reformular essa questão e deslocá-la para nós, leitores. Sendo assim, o que faria um leitor querer navegar pelos universos criados por H.P. Lovecraft? Ou melhor, o que motivaria, hoje, um mergulho profundo em suas obras? Afinal, há muitos outros autores contemporâneos que trabalham o gênero com renovado frescor, situando-o e expandindo-o a partir de contextos que se relacionam com a nossa própria realidade. Então, quais seriam as razões para escolhermos ler, nos dias atuais, um autor clássico como Lovecraft? Diversas são as respostas, mas uma delas está implícita na própria pergunta: o universo. Aliás, os universos. Os mundos criados por Lovecraft desafiam, até hoje, a racionalidade humana. Através de descrições minuciosas, referências científicas, e a interconectividade dos diferentes universos criados pelo autor – como o livro *Necronomicon*, por exemplo, que é apresentado em vários contos de Lovecraft –, as fronteiras entre realidade e ficção se tornam cada vez mais indistintas.

É assim em *O Horror de Dunwich,* uma das histórias mais clássicas de H.P. Lovecraft, na qual o caráter documental se manifesta através dos elementos folclóricos que apresentam, à primeira vista, o vilarejo fictício de Dunwich como qualquer cidadezinha do interior da Nova Inglaterra. No entanto, as lendas pagãs típicas da região servem apenas como pano de fundo para a construção de um universo disruptivo, cujas regras são estabelecidas por uma mente incansável, sempre disposta a questionar a soberania do ser humano sobre o desconhecido.

Desse modo, a pergunta "o que motivaria um leitor a mergulhar, hoje, no universo de H.P. Lovecraft?", é também um convite. Não pretendemos exatamente respondê-la, preferimos deixar algumas pistas, inquietações sobre os mundos e criaturas de Lovecraft, sobretudo os de *O Horror de Dunwich*, que agora chegam até você em uma nova edição – afinal, todo clássico precisa de um novo fôlego. Novas palavras. Novos olhares. Novos leitores. Novas perguntas. Mas a mesma – e ainda assim, sempre nova– história.

MAS QUEM FOI H.P. LOVECRAFT?

Quando começamos a leitura de um clássico, frequentemente nos perguntamos qual terá sido a mente responsável por trazê-lo ao mundo. Isso porque um autor costuma ser indissociável de sua obra. Muitos são os teóricos que defendem a existência de um teor autobiográfico em toda criação. No entanto, quando se trata da invenção de mundos de horror, procurar pelos vestígios pessoais que permeiam uma história ficcional torna-se uma tarefa inquietante. Nela, os campos da subjetividade humana, com todas as suas falhas, labirintos e contradições, revelam-se ainda mais vastos.

Não poderia ser diferente com Howard Phillips Lovecraft, que mesmo após sua morte, continua emanando, de alguma forma, uma aura misteriosa. Um campo de atração tão intrigante quanto suas obras. Até hoje, sua biografia desperta o interesse de diversos estudiosos, que consagram o nome de Lovecraft como um dos maiores escritores norte-americanos. E quando mergulhamos na história de vida desse autor, suas obras parecem ganhar um outro tom, como se uma caixa de pandora tivesse sido aberta, liberando os monstros de Lovecraft do campo meramente ficcional para inscrevê-los na mais aguda realidade.

Nascido no final do século XIX nos Estados Unidos, H.P. Lovecraft foi um dos grandes responsáveis por revolucionar a literatura fantástica do terror, inserindo o contexto da modernidade – com todas as suas novidades e fantasmagorias – nas entranhas do gênero. E assim como seus contos e narrativas transbordavam dualidades e paradoxos, tensionando a curiosidade humana, o fascínio pelo conhecimento erudito e a impotência diante do sobrenatural, sua própria personalidade parecia imprimir essas mesmas características.

Imerso em contradições, H.P. Lovecraft cresceu em um ambiente conservador, tradicional e elitista, atravessado pelos transtornos mentais de seus pais e pelas doenças que o afastaram da educação formal e do convívio social. Em seus sonhos, o jovem Howard era assombrado por criaturas aterrorizantes que o visitavam todas as noites. Vivendo uma realidade perturbadora, H.P. Lovecraft encontra o seu refúgio na biblioteca do avô, um homem até então muito rico. Foi ali que ele se tornou um leitor especialmente fascinado pela física e astronomia, estudos que despertaram em sua mente, profundas especulações sobre as diferentes formas de vida que poderiam existir para além do seu próprio mundo particular. Participando do contexto científico da teoria evolucionista de Charles Darwin, e da física quântica em Einstein, Lovecraft assimila para si um traço que viria a ser característico de praticamente todas as suas obras: a pequenez humana diante da vastidão do universo.

Ateu, mas um devoto fervoroso e obcecado pelos mistérios dos planetas. Aristocrata, porém, completamente falido. Um dos maiores escritores de terror, no entanto, pouco reconhecido em vida. Essas são apenas algumas das dicotomias que poderiam sintetizar Lovecraft. No entanto, sua biografia e produção literária escapam até mesmo às mais humildes e vãs tentativas de síntese. Enquanto leitores curiosos, talvez seja melhor nos contentarmos com a tal aura misteriosa que envolve H.P. Lovecraft, pois é esse o elemento que mantém tanto as suas obras, quanto o autor-personagem, ainda vivos e vibrantes mesmo depois de tantos anos.

O QUE OUTROS GRANDES AUTORES DO TERROR E FANTASIA TEM A DIZER SOBRE LOVECRAFT?

Existia alguma coisa no novo que assustava H.P. Lovecraft. Sua obsessão pelo desconhecido não se limitava apenas à incerteza sobre os seres habitantes de outros mundos – o cosmos ou as profundezas marinhas. Mas também refletia uma desconfiança sobre o seu próprio mundo, que se alterava em convulsões frenéticas. Para um conservador como Lovecraft, o início do século XX nos Estados Unidos, com toda a efervescência cultural traduzida sobretudo pelos imigrantes que chegavam ao país, era sinônimo de receio e aversão. Em meio a tantos preconceitos e neuroses, Lovecraft declarava uma recusa à modernidade, às suas revoluções e convulsões sociais, delirando em um retorno ao classicismo – um de seus objetos de estudo mais adorados.

Há quem diga que esta sombra de ódio que se arrastava junto do autor o levou a explorar os abismos da própria existência humana na terra. E mesmo com todas as contradições que sua personalidade abrigava, Lovecraft transformou sua aversão à modernidade em universos autênticos onde, surpreendentemente, nenhum ser humano teria qualquer privilégio sobre o desconhecido. Todos, independentemente de quem fossem, estariam sujeitos às mesmas consequências.

Não à toa, H.P. Lovecraft é considerado por muitos autores como uma referência seminal para a consolidação do gênero de terror na literatura. Stephen King, um dos maiores escritores de fantasia e terror contemporâneos, menciona, mais de uma vez, que Lovecraft abriu as portas do gênero para ele, e que a sua visão sombria e perturbadora foram elementos únicos na criação literária. Diversas histórias de Stephen King foram diretamente influenciadas por Lovecraft, e ele está longe de ser o único contaminado pelos universos do autor. Neil Gaiman, autor conhecido sobretudo pelos quadrinhos *Sandman*, também figura entre aqueles que sempre tem alguma palavra a dizer sobre a influência do autor em seu próprio trabalho. Segundo Gaiman, Lovecraft definiu os temas e obsessões do horror do século XX, e à medida que entramos no século XXI, sua influência continua a perpassar os novos imaginários. Isso porque Lovecraft participou ativamente da transição entre o horror clássico e o horror moderno, uma vez que escolheu se afastar das histórias de fantasma e do gótico, para adentrar a visão de um mundo maligno. Um lugar, nas palavras de Gaiman, que seria cercado por maldade, loucura e coisas terrivelmente monstruosas. Coisas essas que estão o tempo todo tentando invadir nossas vidas banais, e que não se importam nenhum pouco com nenhuma delas.

Terror e a Literatura: A Fundação do Horror Cósmico

Diante de uma figura tão questionável e, ainda assim, aclamada por suas criações, retornamos à pergunta inicial: por que ler Lovecraft nos dias de hoje? É precisamente pelo reconhecimento das camadas mais sombrias e profundas deste autor que somos convidados a conhecer suas obras, também por uma perspectiva histórica. H.P. Lovecraft foi um homem atormentado por muitos conflitos, mas sua literatura produziu, com engenhosidade, um retrato de uma modernidade por vezes assombrosa e fantasmagórica. Os seus fantasmas, porém, não eram em nada parecidos com aqueles tão disseminados no horror clássico.

Em Lovecraft, os monstros modernos são dotados de tentáculos, gosmas, e formas avessas à humanidade. Essa foi uma das principais características que elevaram sua produção a um lugar de destaque nos debates literários. Ao entrelaçar ciência, cosmologias, artefatos e criaturas de outros mundos, o autor estabeleceu um novo subgênero, chamado por ele de *Horror Cósmico* ou *Cosmicismo*. Uma mistura transgressora entre fantasia e ficção científica que redefine os formatos literários. Nesses novos termos fundados pelo autor, não era mais "o bem" e "o mal" do cristianismo que estavam em disputa, mas sim a terra e os planetas desconhecidos, os seres humanos e os seres ancestrais que vinham do futuro – ou de tempos imemoriais – com a intenção de reivindicar o que lhes é devido.

Diante dos avanços científicos de um século XX marcado por uma virada não apenas científica, como filosófica, os personagens de Lovecraft, geralmente homens comuns que se dedicam à ciência, ao conhecimento ou às artes ocultas, confrontam o medo do desconhecido em meio a uma solidão desoladora. Sentimentos como angústia, ansiedade e incompletude surgem como traços reveladores de uma sociedade dividida entre o conservadorismo e a transgressão.

Em *O Horror de Dunwich*, essa cisão é estabelecida pelo contraste entre os moradores "*ianques*" do pequeno e assombrado vilarejo fictício de Dunwich e os acadêmicos da universidade mais próxima, que juntos desbravam o verdadeiro horror que assola as colinas da região. A história também representa um exemplo interessante da fronteira nebulosa que demarca a transição entre o clássico e o moderno no gênero do horror. Embora Dunwich seja repleta de lendas pagãs e rituais macabros ligados à bruxaria, é por meio do artefato *Necronomicon*, um livro cultuado pela família Whateley – que abordaremos mais adiante nesse texto – e no jovem Wilbur Whateley, que a monstruosidade interplanetária se manifesta. Se, à primeira vista, Wilbur parece uma figura remanescente de algum feitiço, ou do cruzamento interespecífico entre humanos e bodes – um elemento comum no terror pagão –, logo o enigma de sua fisicalidade revela-se como uma criação bem distante dos folclores terrestres e mundanos.

Nesse sentido, o Horror Cósmico utiliza recursos e estratégias específicos para provocar no leitor a sensação de terror e suspense, estabelecidos através da introdução de formas alienígenas, grotescas e até mesmo amorfas, em vilarejos pacatos que frequentemente são assombrados por lendas pagãs. É como se a banalidade do cotidiano, com suas fábulas e idiossincrasias, de repente respondesse a outras leis, sendo estremecida por eventos insólitos e extraordinários.

Fronteira diluída entre ficção e realidade na cidade de Dunwich: um horror que vem da terra

Como o próprio território pode ser fonte de criação? É preciso uma escuta porosa, uma caminhada atenta, e, sobretudo, uma curiosidade latente pelos mistérios das histórias que nos transcendem. Quando começou a elaborar *O Horror de Dunwich*, H.P. Lovecraft já tinha escrito muitos dos textos que hoje são considerados seus maiores clássicos: *O chamado de Cthulhu* (1926), *A cor que caiu do espaço* (1927), *O horror em Redhook* (1927) e outros títulos que marcam sua trajetória pelos meandros do *Cosmicismo*. No entanto, após esse período de ebulição criativa, Lovecraft tomou seu próprio tempo até encontrar a novela de Dunwich, que foi inspirada em suas viagens pelo interior dos Estados Unidos, mais especificamente na região da Nova Inglaterra.

Massachusetts, Vermont e Wilbraham, com seus folclores, paisagens, colinas e registros arqueológicos, deixaram uma marca profunda no imaginário do autor, que transpõe muitos elementos desses lugares para o cenário fictício de Dunwich. Um vilarejo marcado por famílias unidas por laços consanguíneos, decadência e segredos sussurrados pela própria terra. Descrito como um povoado perdido na geografia, onde os forasteiros raramente escolheriam estar – chegando lá por acaso ou por engano –, Dunwich é cercado por vales, casebres muito antigos e um círculo de pedras no alto da colina, possivelmente inspirado pelos sítios megalíticos das regiões que Lovecraft visitou. Apesar de insalubre e árido, Dunwich é um território onde uma natureza selvagem e exuberante se manifesta.

Tendo tomado ciência das lendas dos bacuraus de Wilbraham, Lovecraft incrementa a paisagem sonora de Dunwich com os cantos perturbadores desses pássaros. Nas fronteiras do vilarejo, os bacuraus surgem sempre que alguma alma moribunda está fazendo sua passagem. Voando em uníssono e desespero, o som emitido pelas aves se sincroniza com as lamúrias da morte proferidas por aqueles que estão partindo.

São esses mesmos bacuraus que sobrevoam a biblioteca da Universidade de Miskatonic em um dos momentos mais catatônicos da narrativa. Aliás, esse é mais um diferencial em Lovecraft, que concede à espaços como bibliotecas, uma aura atrativa para criaturas malignas. É nessas redomas do conhecimento moderno que o horror inefável das ciências naturais pode ser manipulado por adoradores das forças ocultas, sendo liberado na superfície terrestre de forma incontornável.

Os homens eruditos são alguns dos personagens centrais das histórias do autor, mas em *O Horror de Dunwich*, eles se confrontam com a estranha família Whateley, cujo principal membro é o neto do velho Whateley, Wilbur, um menino com traços semelhantes aos de um bode, que cresce de maneira assombrosa. Filho de Lavínia Whateley e de um pai desconhecido, o menino logo surpreende os moradores do vilarejo com sua astúcia e desenvolvimento precoce. Após a morte do avô e o desaparecimento da mãe, os rumores sobre a propriedade da família e sobre o próprio Wilbur alcançam proporções ainda maiores

O rapaz, que teve contato com o livro *Necronomicon* deixado como herança pelo avô, embarca em uma peregrinação pelas bibliotecas mais renomadas em busca da obra completa, uma vez que seu avô lhe deu instruções claras para encontrar uma passagem da página 751, que está ausente no exemplar pertencente à sua família.

Algo sobrenatural parece estar se desenvolvendo dentro da residência de Wilbur, e mais do que isso, parece se espalhar pela terra, fazendo com que ela murmure sibilos e ruídos assustadores. Esses murmúrios, juntamente com outros sons e odores que se propagam por toda Dunwich, conferem à história um caráter sinestésico de horror. Em várias passagens, H.P. Lovecraft atribui um certo animismo à paisagem, pois não apenas a terra e o ar parecem reagir aos segredos da família Whateley, mas também os animais percebem frequências que passam despercebidas pelos seres humanos. Eles então as comunicam em seus cantos, como no caso dos bacuraus, em seus uivos e grunhidos, quando se trata de cães e lobos, ou até mesmo em seus próprios corpos, como as deformidades que ocorrem no gado da região.

Nessa atmosfera perturbadora criada por Lovecraft, os "rumores da colina", "tremores da terra", "latidos de cachorros", e outras descrições detalhadas utilizadas ao longo da narrativa de Dunwich, constroem uma paisagem muito singular. Através desse artifício, é como se fossemos transportados ao território fabulado, e nessa transposição, uma suposta realidade parece emergir. Ursula K. Le Guin, escritora de fantasia e ficção especulativa, em seu ensaio *From Elfland to Poughkeepsie* (1973), mencionou a capacidade da literatura fantástica de causar arrepios na pele dos leitores. Essa sensação de estar diante de algo muito real é exatamente o que Lovecraft busca alcançar com suas descrições minuciosas. Até porque, uma vez que a cidade de Dunwich é descrita de forma tão específica, parece impossível não acreditar que ela tenha de fato existido.

NECRONOMICON – O GRANDE PERSONAGEM DE LOVECRAFT?

Seria o *Necronomicon* o grande personagem de H.P. Lovecraft? Considerado por muitos estudiosos e biógrafos do autor como um de seus maiores legados para a literatura, o "livro pavoroso", capaz de despertar as mais horrendas criaturas malignas, atravessa diversas de suas histórias, transgredindo a função de intertextualidade, para compor um universo particular.

O livro teria sido escrito por Abdul Alhazred, "um poeta louco de Sanaá, no Iêmen" ou então "apenas um muçulmano indiferente, que adorava entidades desconhecidas que chamava de Yog-Sothoth e de Cthulhu". É assim que H.P. Lovecraft descreve o autor de Necronomicon em um texto de pseudo não-ficção, particularmente sagaz, intitulado *História do Necronomicon*. Nele, o autor traça uma possível cronologia do livro, suas traduções e tradutores, assim como dos lugares no mundo onde suas diferentes versões podem ser encontradas.

Mais uma vez, borrando os limites entre a ficção e a realidade, Lovecraft respondeu às cartas que recebeu, nas quais seus leitores o questionavam se Necronomicon era real ou não, com um texto que provocava novas dúvidas. E isso porque muitos dos nomes mencionados fazem referência a estudiosos e eruditos reais, assim como a bibliotecas também verdadeiras. Ao mesmo tempo, outros dados são completamente ficcionais, como a entidade Yog-Sothoth, que faz uma aparição em *O Horror de Dunwich* Embora os fragmentos de Necronomicon estejam espalhados em várias outras obras, é nessa que o livro figura como elemento central para a construção de todo o enredo da trama.

LOVECRAFT E SEUS TENTÁCULOS PELA CULTURA POP

De cineastas do cinema fantástico como Guillermo del Toro a bandas de rock como Metallica e Black Sabbath, Lovecraft tem dezenas de filmes e músicas inspirados em suas obras. Os exemplos mais famosos são *The*

Call of Ktulu, uma música da banda Metallica presente no álbum instrumental *Ride the Lightning* (1984), que faz referência ao icônico Cthulhu. A essência do conto *O Chamado de Cthulhu* aparece na composição a partir da atmosfera pesada e sombria, com uma narrativa quase épica. Já em Black Sabbath, *Behind the Wall of Sleep*, música que faz parte do álbum de estréia da banda em 1970, remete ao universo do autor pelas referências a sonhos, criaturas ocultas e um mundo sombrio traduzido na composição sonora.

No mundo do cinema, o universo lovecraftiano foi referenciado em inúmeras produções ao longo dos anos, desde longa-metragens e documentários até curta-metragens e filmes-ensaios. Entre os mais conhecidos estão: *Re-Animator* (1985), dirigido por Stuart Gordon, é uma adaptação livre do conto *Herbert West — Reanimator* e se tornou um clássico do cinema de terror; *Dagon* (2001), também dirigido por Stuart Gordon, explora elementos do mito de Cthulhu; *O Chamado de Cthulhu* (2005), produzido pela H.P. Lovecraft Historical Society, é uma adaptação fiel do conto de mesmo nome e foi filmado no estilo do cinema mudo da década de 1920; *Lovecraft: Fear of the Unknown* (2008), dirigido por Frank H. Woodward, documentário que examina a vida e o legado de Lovecraft, apresentando entrevistas com escritores, artistas e estudiosos que discutem a importância de sua obra, entre eles Neil Gaiman e Guillermo del Toro; *A Cor que Caiu do Espaço* (2019), dirigido por Richard Stanley e estrelado por Nicolas Cage.

Afinal, por que ler HP Lovecraft hoje? A importância dos clássicos

É aterrado nessa areia movediça que H.P. Lovecraft se consagra, quase um século após a sua morte, como um dos grandes escritores do gênero de horror. E mais do que isso, também como um dos clássicos presentes em todas as listas de referência sobre o assunto. Muitos são os motivos para isso, alguns já foram abordados até aqui, mas a dúvida que ainda paira é: por que ler Lovecraft quando já temos toda uma literatura e filmografia de terror que, à primeira vista, podem parecer mais interessantes?

Clássicos têm uma conexão com a história. Um clássico é assim chamado não apenas porque marca o seu tempo e, por isso, é revisitado, mas também porque ele é atualizado de acordo com as gerações, e a cada novo leitor, uma nova interpretação sobre aquele determinado período histórico pode emergir. Os clássicos, então, também estão relacionados ao novo. Eles são uma catapulta que, a partir de uma janela para o passado, nos projeta para um futuro. Pois os clássicos são clássicos porque não se adequam propriamente à sua própria época. Há uma rebeldia nos clássicos que nem sempre é mencionada, uma certa ousadia, um desejo de experimentação. E com Lovecraft, isso é ainda mais intrigante, já que ele próprio era uma figura extremamente conservadora. No entanto, novas temáticas passam a ser exploradas depois de sua literatura, e apesar dos traços repreensíveis de sua personalidade, seus mundos foram eficientes ao se disseminarem por toda cultura pop.

Filmes com astros de Hollywood, séries produzidas por grandes plataformas de streaming digitais, box com coletâneas de livros do autor e ensaios sobre a sua obra que foram recentemente traduzidos e publicados. Os exemplos não param de palpitar e parecem indicar uma urgência crescente em olhar para a obra de Lovecraft, assim como para a sua história, permitindo que elas nos olhem de volta e nos transmitam algo importante sobre nosso próprio tempo. Sobre os monstros que ainda precisamos escutar e sobre os mundos que não precisam mais ser conservados.

Pois sempre parece haver algo que escapou, algo que não foi dito, alguma informação perdida. H.P. Lovecraft era um homem do mundo antigo, assombrado pelo mundo moderno. No entanto, na literatura, ele se lançou ao futuro sem qualquer resquício de medo. Pois as histórias mundanas e cristãs criadas em seu tempo não lhe pareciam suficientes. Lovecraft precisava transcendê-las. Assim, mirando nas estrelas e nos submundos, surgem as criaturas que nós, humanos, não podemos conter. No fundo, talvez elas espelhassem o seu receio pelo novo, mas suas palavras provaram que, mesmo temeroso, Lovecraft não questionava o poder daquilo que irrompe repentinamente, como monstros indiferentes a qualquer ordem vigente.

CAPÍTULO 1

No centro-Norte de Massachusetts, no cruzamento na estrada de Aylesbury logo após a cidade de Dean's Corners, um viajante toma a bifurcação errada, deparando-se com um vilarejo isolado e peculiar. O terreno, que se torna mais elevado, possui paredes de pedra rodeadas por sarças e um curso de estrada cada vez mais estreito, poeirento e sinuoso. As árvores das múltiplas regiões florestais parecem demasiadamente grandes, e as ervas-daninhas, os espinheiros e a relva detêm certa luxúria raramente vista em regiões povoadas. Ao mesmo tempo, os campos cultivados são singularmente escassos e áridos, enquanto as casas esparsas são surpreendentemente uniformes em sua velhice, miséria e dilapidação. Sem saber o porquê, hesitamos em pedir coordenadas às figuras retorcidas e solitárias que vislumbramos vez ou outra nas portas caindo aos pedaços ou nos prados rochosos em declive. São figuras tão silenciosas e furtivas que nos sentimos, de certo modo, confrontados por coisas proibidas, com as quais é preferível não ter contato. Quando uma elevação na estrada deixa as montanhas à vista sobre a taciturna floresta, intensifica-se o estranho sentimento de inquietação. Os cumes são demasiadamente redondos e simétricos para nos trazer a sensação de conforto e naturalidade, e às vezes o céu delineia com excessiva clareza os estranhos e altos círculos de pilares de pedra, com os quais a maior parte dos cumes é coroada.

Desfiladeiros e ravinas de uma profundidade incerta interceptam o caminho, e as pontes rudimentares de madeira sempre aparentam uma segurança questionável. Nos declives da estrada há trechos pantanosos que causam repulsa, e, de fato, quase pavor à noite, quando bacuraus furtivos tagarelam e vaga-lumes saem em profusão anormal para dançar ao som esganiçado e apavorante das estridentes rãs-touro. A linha estreita e brilhante do curso superior do Miskatonic sugere uma estranha similaridade com as serpentes, ao se aproximar dos pés das colinas arredondadas pelas quais desponta.

Conforme as colinas se aproximam, suas encostas florestais chamam mais a atenção que seus topos coroados por pedras. As encostas irrompem tão obscura e vertiginosamente que desejamos manter distância, mas não há estrada pela qual escapar. Do outro lado de uma ponte coberta, avistamos um pequeno vilarejo recôndito entre o córrego e a encosta de Round Mountain, e admiramos o aglomerado de telhados apodrecidos de mansarda, que revelam uma arquitetura anterior à das regiões vizinhas. Num olhar mais atento, é importuno perceber que a maioria das casas está deserta e em ruínas, e que a igreja, com o campanário quebrado, abriga agora o único desmazelado armazém do povoado. Receamos confiar no tenebroso túnel sobre a ponte, mas não há como evitá-lo. Uma vez que o atravessamos, é difícil não sentir o leve odor de mofo acumulado e da deterioração de séculos pelas ruas do vilarejo. É sempre um alívio se afastar dali e seguir a estrada estreita em torno da base das colinas, que cruza a região até chegar ao pico Aylesbury. Mais tarde, soubemos que passamos por Dunwich.

É raro que forasteiros visitem Dunwich, e, após a temporada de horror, as placas que indicavam o vilarejo foram inutilizadas. A paisagem, se julgada pelo cânone estético, está além da beleza comum; ainda assim, não há sinal de artistas ou turistas de verão. Há dois séculos, falar sobre sangue de bruxa, rituais satânicos e presenças misteriosas na floresta não era motivo para risadas; havia razões para evitar o local. Em nossa era sensata — desde que o horror de Dunwich em 1928 foi silenciado por aqueles que se preocupavam com o bem-estar da cidade e do mundo —, as pessoas o evitavam sem saber o porquê. Uma possível razão — embora não se aplique aos estrangeiros desinformados — é os nativos estarem repulsivamente decadentes, tendo avançado muito no caminho de regressão, tão comum em diversas regiões da Nova Inglaterra. Acabaram, por si sós, formando uma raça própria, com estigmas mentais e físicos de degeneração e endogamia bem definidos. Sua inteligência média é terrivelmente baixa, ao passo que seus anais transpiram crueldade explícita, assassinatos semiocultos, incestos e crimes de violência e perversidade quase indescritíveis. A antiga aristocracia, representada por duas ou três famílias cavalheirescas que vieram de Salem em 1692, manteve-se relativamente acima do nível de decadência geral, embora várias ramificações estejam tão embrenhadas na sórdida população que apenas seus nomes remetem às origens que desonram. Alguns dos Whateleys e dos Bishops ainda mandam seus primogênitos para Harvard e Miskatonic, embora esses filhos raramente retornem aos telhados de mansarda sob os quais eles e seus antepassados nasceram.

Ninguém, nem mesmo quem tem conhecimento dos fatos relativos a tal horror, pode dizer o que há de errado com Dunwich; embora lendas antigas discorram sobre ritos e conclaves indígenas profanos, nos quais eram invocados vultos proibidos das colinas arredondadas e feitas selvagens preces orgíacas, respondidas por crepitações e estrondos altos oriundos do chão em que eles pisavam. Em 1747, o Reverendo Abijah Hoadley, recém-chegado na Igreja Congregacional do Vilarejo de Dunwich, pregou um memorável sermão sobre a presença contígua de Satanás e de seus diabinhos, no qual disse:

> Deve-se admitir que essas Blasfêmias de um Séquito infernal de Demônios são assuntos de um Conhecimento usual demais para serem negadas; as Vozes amaldiçoadas de *Azazel* e *Buzrael*, de *Belzebu* e *Belial* foram ouvidas desde o Subsolo por mais de

> uma Vintena de Testemunhas críveis, ainda vivas. Eu mesmo, há não mais de Quinze dias, presenciei um Discurso muito claro de Poderes malignos na Colina atrás de minha Casa, onde havia Chocalhar e Murmúrios, Gemidos, Guinchos e Sibilos, como Nada nessa Terra poderia suscitar e que necessariamente vieram das Cavernas que apenas a Magia nefasta pode descobrir e apenas o Diabo despertar.

O sr. Hoadley desapareceu logo após pregar este sermão, mas o texto, impresso em Springfield, ainda existe. Barulhos nas colinas continuaram sendo relatados ano após ano, e ainda são um mistério para os geólogos e fisiógrafos.

Outras tradições nos contam sobre desagradáveis odores nas proximidades dos círculos de pilares de pedra que coroam as colinas, e de transeuntes presenças fantasmagóricas debilmente ouvidas em certos horários e em determinados pontos na base das grandes ravinas; enquanto isso, outros ainda tentam explicar o Estaleiro do Diabo — uma encosta sombria e árida, onde nenhuma árvore, arbusto ou relva cresce. Também os nativos são mortalmente aterrorizados pelos numerosos bacuraus, ainda mais barulhentos nas noites quentes. Eles juram que os pássaros são psicopompos à espera das almas dos moribundos, e que sincronizam, em uníssono, seus pavorosos gritos à extenuante respiração do sofredor. Se conseguem capturar a alma esquiva quando ela deixa o corpo, instantaneamente voam para longe, gorjeando com sua risada demoníaca; mas, se falham, recolhem-se gradualmente em um silêncio desapontado.

Essas lendas, claro, são ridículas e obsoletas, pois datam de tempos muito antigos. A comunidade de Dunwich é, de fato, ridiculamente antiga — muito mais que qualquer outra em um raio de cinquenta quilômetros. No sul do vilarejo, podemos avistar ainda as paredes do porão

e as chaminés da antiga casa dos Bishop, construída antes de 1700, ao passo que as ruínas do moinho ao lado da cachoeira, construído em 1806, constituem a obra arquitetônica mais moderna que se vê na região. A indústria não deslanchou e o movimento das fábricas do Século XIX se mostrou passageiro. Os mais antigos são os anéis das rústicas colunas de pedra no topo das colinas, mas estes normalmente são mais atribuídos aos Indígenas que aos colonizadores. Depósitos de crânios e ossos, encontrados dentro desses anéis e ao redor da pedra-távola na Colina Sentinela, sustentam a crença popular de que esses lugares foram, outrora, os cemitérios dos Pocumtucks; todavia, inúmeros etnólogos, desconsiderando a absurda improbabilidade de tal teoria, insistem em acreditar que são restos Caucasianos.

CAPÍTULO
2

Foi no distrito de Dunwich, numa casa de fazenda grande e semi-inabitada numa encosta a 6 quilômetros do vilarejo e a 2 quilômetros e meio de qualquer outra habitação, que Wilbur Whateley nasceu, às 5h de um domingo, em 2 de fevereiro de 1913. Essa data foi lembrada, por ser o Dia de Nossa Senhora da Candelária, o qual as pessoas de Dunwich curiosamente chamavam por outro nome; e porque os barulhos nas colinas ressoaram, e os cães da região latiram ininterruptamente durante a noite anterior. Menos importante era o fato de a mãe ser uma das decadentes Whateley, uma mulher de 35 anos, um tanto deformada, nada atraente e albina, vivendo com seu velho pai meio insano, que foi protagonista dos mais aterrorizantes rumores de feitiçaria na sua juventude. Lavínia Whateley aparentemente não era casada, mas, seguindo o costume da região, não tentou deserdar a criança; quanto a outra parte de sua ancestralidade, os aldeões podem — e assim o fizeram — especular o quanto desejarem. Ao contrário, ela parecia estranhamente orgulhosa do menino escuro e selvagem que tanto contrastava com seu doentio albinismo de olhos cor-de-rosa, e murmurava curiosas profecias sobre seus atípicos poderes e grandioso futuro.

Não era de se estranhar que Lavínia murmurasse tais coisas, pois era solitária, perambulava em meio às tempestades pelas colinas e lia os fétidos livros caindo aos pedaços e corroídos por traças herdados por seu pai, que pertenciam à família há dois séculos. Ela nunca fora à escola, mas se satisfazia com restos de antigos mitos desconexos que o Velho Whateley lhe havia ensinado. A remota fazenda sempre fora temida devido à reputação de feiticeiro do Velho Whateley, e a morte violenta e inexplicada da senhora Whateley, quando Lavínia tinha 12 anos de idade, não ajudara a popularidade do local. Isolada em meio a estranhas influências, Lavínia apreciava selvagens e grandiosos devaneios e ocupações singulares; seu ócio pouco era interrompido pelos cuidados do lar, em uma casa cujos padrões de ordem e limpeza há muito desapareceram.

Na noite em que Wilbur nascera, ouviu-se um grito pavoroso, ecoando mais alto que os sons da colina e os latidos dos cachorros, mas nenhum médico ou parteira presidiu sua chegada. Os vizinhos nada souberam até a semana seguinte, quando o Velho Whateley dirigiu seu trenó até o Vilarejo de Dunwich, discursando incoerentemente para um grupo de vadios na mercearia em Osborn. O velho parecia mudado — um elemento de indulgência adicionado a seu cérebro turvo, o qual o transformou, imediatamente, de um vetor para um alvo do medo — embora ele não fosse alguém que se perturbava com simples eventos familiares. Em meio a tudo isso, ele mostrou certo vestígio do orgulho posteriormente observado em sua filha, e o que disse sobre a paternidade da criança foi lembrado por muitos de seus ouvintes nos anos subsequentes.

> Eu num ligo pro quê as pessoas acham – se o minino da Lavinha parecesse cum o pai, num teria nada a vê cum o que cês acha. Cês pensa que as únicas pessoas que tem tão por essas bandas. A Lavinha já leu muito, e já viu coisa que a maioria docês nunca viro. Eu acho que o homi dela é um marido muito bão cá pros lado de Aylesbury; se cês soubessem tanto das colinas quanto eu, cês num iam pedir um casamento mió na igreja que o dela. Deixa eu falar uma coisa procês: *um dia, cês vão ouvir o fio da Lavinha chamando o pai dele lá do alto da Colina Sentinela!*

As únicas pessoas que viram Wilbur em seu primeiro mês de vida foram o velho Zechariah Whateley, dos Whateley não decadentes, e a companheira de Earl Sawyer, Mamie Bishop. A visita de Mamie foi motivada por curiosidade, e as histórias que contou depois disso fizeram jus a suas observações; mas Zechariah foi lá para levar um par de vacas Alderney, que o Velho Whateley comprara de seu filho, Curtis. Isso marcou o início de uma série de compras de gado por parte da família do pequeno Wilbur, que acabou apenas em 1928, quando o horror de Dunwich ocorreu; todavia, em nenhum momento o decrépito estábulo Whateley parecera superlotado pelo rebanho. Houve uma época em que as pessoas espiavam, curiosas, e contavam o gado, que pastava precariamente na grama da encosta íngreme sobre a velha fazenda, mas nunca puderam encontrar mais de dez ou doze espécimes pálidos e anêmicos. Evidentemente, alguma praga ou cinomose, talvez disseminada pelo pasto insalubre ou pelos fungos nocivos nas madeiras do imundo estábulo, causara alta mortalidade entre os animais dos Whateley. Estranhas feridas ou úlceras, com aspecto de incisão, pareciam afligir o gado à vista; e, vez ou outra durante os primeiros meses, alguns visitantes juraram ter visto feridas similares em volta da garganta do grisalho velho barbudo, e de sua desleixada filha albina de cabelos crespos.

Na primavera após o nascimento de Wilbur, Lavínia retomou suas andanças usuais pelas colinas, aninhando em seus braços desproporcionais a criança negra de pele clara. O interesse público pelos Whateley mitigou após a maior parte dos aldeões ver o bebê, e ninguém se preocupava em comentar o rápido desenvolvimento que o recém-chegado parecia exibir a cada dia. O crescimento de Wilbur era, de fato, fenomenal, pois a três meses do seu nascimento, alcançou um tamanho e uma força muscular não muito comuns em crianças com menos de 1 ano. Seus movimentos e sons vocais mostravam contenção e deliberação muito peculiares para uma criança; então quando, aos 7 meses, ele começou a caminhar sem ajuda, bastando mais um mês para cessar de cambalear, ninguém se espantou.

Pouco depois — no Halloween —, à meia-noite, um grande incêndio foi visto no topo da Colina Sentinela, onde fica a velha pedra-távola em meio aos túmulos de ossos antigos. Um falatório se iniciou quando Silas Bishop — dos Bishop não decadentes — mencionou ter visto o menino correndo vigorosamente colina acima, com sua mãe no encalço, cerca de uma hora antes do incêndio ser notado. Silas estava pastoreando uma novilha desgarrada, mas quase esqueceu de sua missão quando avistou de soslaio os dois vultos sob a fraca luz de sua lanterna. Ambos correram quase silenciosamente pela vegetação rasteira e a testemunha, espantada, parecia crer que eles estavam despidos. Mais tarde, não pôde ter certeza sobre o garoto, que talvez estivesse vestindo um tipo de cinto com franjas e um par de bermudas ou calças azul-escuro. Wilbur nunca mais foi visto, vivo e consciente, sem trajes completos e bem abotoados, cujo desmazelo parecia deixá-lo irritadiço e agitado. Seu contraste, nesse sentido, com sua esquálida mãe e seu avô era muito perceptível, até que o horror em 1928 sugeriu a mais válida das razões.

No mês de janeiro que se seguiu, as fofocas pouco aludiam ao fato de que o "pirralho negro de Lavinha" havia começado a falar com apenas 11 meses. Seu discurso era consideravelmente impressionante, tanto por sua diferença dos sotaques da região, quanto por se mostrar livre do balbucio infantil do qual muitas crianças entre 3 e 4 anos poderiam se orgulhar. O garoto não falava muito, mas, quando o fazia, parecia refletir algum elemento esquivo, completamente alheio a Dunwich e a seus habitantes. A estranheza não estava naquilo que ele dizia, nem mesmo nos idiomatismos simples que utilizava; parecia estar vagamente ligada à sua entonação ou a seus órgãos internos, os quais produziam os sons. Seu rosto também era notável pela maturidade, pois, embora compartilhasse do queixo pro-

tuso da mãe e do avô, seu nariz firme, precocemente formado, uniu-se à expressividade de seus olhos grandes, escuros e quase Latinos, conferindo-lhe um ar quase adulto e uma inteligência um tanto sobrenatural. Ele era, no entanto, excepcionalmente feio, apesar de sua aparência brilhante, seus lábios grossos chamavam atenção, sua pele parda de poros abertos, seu cabelo crespo e malcuidado, e em suas orelhas estranhamente compridas. Rapidamente se tornou ainda menos popular que a mãe e o avô, e todas as suposições sobre ele eram incrementadas com referências à antiga magia do Velho Whateley e com a história de que, certa vez, as colinas estremeceram quando bradou o terrível nome de *Yog-Sothoth* no meio de um círculo de pedras, com um grande livro aberto em seus braços, à sua frente. Os cães abominavam o garoto, que era obrigado a tomar medidas contra seus latidos ameaçadores.

CAPÍTULO 3

Enquanto isso, o Velho Whateley continuava comprando gado, sem aumentar perceptivelmente o tamanho de seu rebanho. Também cortava lenha e consertava as partes em desuso de sua casa — uma residência espaçosa de telhado pontiagudo, cujos fundos foram construídos dentro de uma encosta da colina e cujos três cômodos menos destruídos do térreo sempre foram o suficiente para ele e para a filha. Decerto, para cumprir tantos trabalhos braçais, o velho era prodigiosamente forte; e, embora ainda balbuciasse insanidades esporadicamente, a sua carpintaria parecia exibir os efeitos de um cálculo preciso. Começara logo que Wilbur nasceu, quando um dentre os vários galpões de ferramenta foi repentinamente arrumado, revestido e equipado com uma fechadura nova e reforçada. Nessa ocasião, ao restaurar o abandonado andar de cima, mostrou-se um marceneiro ainda mais meticuloso. Seu talento se manifestou através de sua precisão ao emoldurar as janelas — embora muitos afirmassem que era loucura se preocupar com reformas. Menos inexplicável foi a instalação de outro quarto no térreo para o seu neto — quarto esse que fora visto por diversos visitantes, embora nenhum deles tenha recebido autorização para acessar o andar de cima, hermeticamente vedado. Ele revestiu o quarto com estantes altas e firmes, nas quais dispôs ordenadamente seus livros carcomidos e partes deles que, até então, ficavam desordenadamente empilhados em cantos aleatórios dos cômodos.

— Eu usei pouco — disse, enquanto tentava remendar uma página com letras góticas rasgada —, mas o garoto é que vai usá mais. É mió ele guardá direitim porque vão sê de bão uso pros estudo dele.

Quando Wilbur tinha 1 ano e 7 meses — em setembro de 1914 — seu tamanho e seus feitos eram quase preocupantes. Ele tinha o tamanho de uma criança de 4 anos, era um orador fluente e incrivelmente sábio. Corria livremente pelos campos e pelas colinas, e acompanhava a mãe em todas as suas andanças. Em casa, ele se debruçava com afinco sobre quadros e figuras estranhos nos livros do avô, enquanto o Velho Whateley o instruía e o catequizava por tardes longas e silenciosas. Nessa época, a reforma da casa já havia terminado, e aqueles que a assistiram se perguntavam por que uma das janelas superiores havia sido transformada em uma sólida porta de madeira. Era uma janela nos fundos da parte leste do telhado duas águas, encostada na colina, e ninguém podia imaginar por que uma passarela de madeira fora construída e presa do chão até a janela. Próximo ao fim da reforma, as pessoas notaram que o antigo galpão de ferramentas, firmemente trancado, com suas janelas totalmente revestidas desde o nascimento de Wilbur, havia sido abandonado novamente. A porta ficava descuidadamente entreaberta, e quando Earl Sawyer entrou após uma visita para a compra de gado, ficou bem transtornado com o cheiro singular que encontrou — o mau cheiro era tamanho, declarou, que nunca antes sentira coisa igual, exceto próximo aos círculos Indígenas nas colinas, e que não proviria de nada são ou desta terra. Por outro lado, as casas e os galpões do povo de Dunwich jamais foram notáveis por seus odores imaculados.

Nos meses posteriores, não houve nenhum evento marcante, à exceção de que relataram um lento, porém constante aumento de ruídos misteriosos na colina. Na noite de Santa Valburga de 1915, houve tremores que até o povo de Aylesbury sentiu, ao passo que no Halloween daquele ano houve um estrondo subterrâneo, estranhamente sincronizado com o irromper das chamas — "são as bruxarias dos Whateley" — no cume da Colina Sentinela. Wilbur crescia estranhamente, de modo que parecia um garoto

de 10 anos quando chegou aos 4. Ele agora lia avidamente, sozinho, mas falava bem menos que antes. Uma taciturnidade enraizada o estava absorvendo e, pela primeira vez, as pessoas começaram a falar sobre o olhar demoníaco que despontava em seu rosto caprino. Ele às vezes murmurava em um jargão insólito e cantarolava ritmos bizarros que faziam o ouvinte estremecer com inexplicável pavor. A aversão que lhe era dirigida pelos cachorros se tornara selvagem, o que o obrigava a carregar sua pistola para conseguir atravessar o interior em segurança. O uso ocasional da arma não aumentou sua popularidade entre os donos de cães de guarda.

Os poucos visitantes da casa frequentemente viam Lavínia sozinha, no térreo, enquanto estranhos passos e gritos ressoavam no vedado segundo andar. Ela nunca dizia o que o pai e o filho estavam fazendo lá em cima, embora certa vez tenha empalidecido e demonstrado um medo descomunal quando um peixeiro jocoso tentou abrir a tranca que levava à escada. Esse homem contou aos vadios nas lojas do Vilarejo de Dunwich que pensara ter ouvido o trotar de um cavalo no andar de cima. Os vadios refletiram, pensando na porta, na passarela e no gado que desaparecia subitamente. Então, estremeceram ao lembrar das lendas sobre a juventude do Velho Whateley e das coisas evocadas para fora da terra quando um novilho é sacrificado no momento adequado para certos deuses pagãos. Notou-se, durante algum tempo, que os cachorros começaram a odiar e temer todo o terreno dos Whateley tão violentamente quanto odiavam e temiam o jovem Wilbur.

Em 1917, a guerra implodiu e o fazendeiro Sawyer Whateley, como chefe do quadro de recrutamento local, trabalhou arduamente em busca de um contingente de rapazes de Dunwich aptos a, ao menos, serem aceitos para treinamento militar. O governo, alarmado com tais sinais de decadência em escala regional, enviou oficiais e médicos peritos para investigar, conduzindo uma pesquisa da qual os leitores de jornal da Nova

Inglaterra talvez ainda se recordem. Foi a publicidade direcionada a essa investigação que colocou os repórteres no rastro dos Whateley, levando o *Boston Globe* e o *Arkham Advertiser* a imprimir histórias semanais extravagantes sobre os preciosismos do jovem Wilbur, a magia nefasta do Velho Whateley, as estantes de livros estranhos, o segundo andar selado da antiga fazenda e a estranheza de toda a região e dos ruídos na colina. Wilbur tinha quatro anos e meio à época, mas parecia um rapaz de 15. Seus lábios e suas bochechas estavam cobertos por pelos ásperos e escuros, e sua voz começara a ficar mais grave.

Earl Sawyer se dirigiu à residência dos Whateley com o grupo de repórteres e fotógrafos e chamou a atenção deles para o estranho mau cheiro que agora parecia vir do segundo andar selado. Afirmou que era exatamente como o cheiro que sentira no galpão de ferramentas quando a reforma da casa finalmente acabou, e também como os leves odores que por vezes sentira próximo aos círculos de pedra nas montanhas. O povo de Dunwich leu as histórias quando foram publicadas e riu com os erros óbvios. Perguntaram-se, também, porque os escritores focaram tanto o fato de o Velho Whateley sempre ter pago pelo seu gado com moedas de ouro extremamente antigas. Os Whateley receberam seus convidados com incontestável desgosto, embora não tenham ousado atrair mais repercussão resistindo ou se recusando violentamente a falar.

CAPÍTULO
- 4 -

Por uma década, os anais dos Whateley se afundaram indistintamente na vida cotidiana de uma comunidade mórbida, acostumada a suas maneiras estranhas, reafirmadas por suas orgias nas noites de Todos os Santos e de Santa Valburga. Eles acendiam fogueiras no topo da Colina Sentinela duas vezes por ano; nesses momentos, os estrondos da montanha reapareciam, cada vez mais violentos; enquanto isso, ao longo de todas as estações do ano havia feitos estranhos e agourentos na solitária fazenda. Com o passar do tempo, visitantes diziam ouvir sons vindos do segundo andar trancado enquanto toda a família estava no térreo e se perguntavam quanto tempo demorava normalmente para se sacrificar uma vaca ou um búfalo. Cogitou-se enviar uma reclamação à Sociedade de Prevenção aos Maus-Tratos aos Animais, mas nada foi feito, já que o povo de Dunwich nunca gostou de chamar a atenção do mundo exterior para si.

Por volta de 1923, quando Wilbur era um garoto de 10 anos, cuja mente, voz, estatura e barba lhe conferiam aparência de maturidade, uma outra cerca grande de carpintaria foi construída na antiga casa. As obras foram realizadas na parte vedada e, pelas tábuas de madeiras descartadas, as pessoas concluíram que o jovem e seu avô haviam derrubado todas as divisórias e até removido o piso do sótão, deixando apenas um grande e amplo vazio entre o térreo e o telhado pontiagudo. Eles haviam demolido a grande chaminé central e adaptado o fogão a gás enferrujado com uma chaminé externa não integrada.

Na primavera após esse evento, o Velho Whateley notou o crescente número de bacuraus, que vinham do Vale da Primavera Fria chilrear sob a sua janela ao anoitecer. Ele parecia considerar a situação muito importante, então disse aos vadios de Osborn que provavelmente a sua hora estava chegando.

— Eles pia juntim com a minha respiração agora — ele disse — e acho qu'elas tão se aprontano pra me pegá a alma. Eles sabe que ele tá saíno e num vão perdê ele de vista. Cês vão sabê, meninos, dispois que eu morrê, se eles me pegaro ou não. Se eles pegar, eles vai fica cantano e rino até o raiá do dia. Se num pegá, vai ficá bem quietim. Tô desejano qu'eles e as alma que eles caça brigue pra diacho dia desses.

Na noite da Festa da Colheita, em 1924, o dr. Houghton, de Aylesbury, foi chamado às pressas por Wilbur Whateley, que galopou em seu último cavalo pela escuridão para telefonar de Osborn, no vilarejo. Ele encontrou o Velho Whateley em um estado muito grave, com os batimentos acelerados e a respiração ofegante, apontando para um fim próximo. A disforme filha albina e o neto estranhamente barbudo permaneceram ao lado da cama, ao passo que, do abismo sobre suas cabeças, insinuava-se, inquietante, um ritmo repetitivo ou crescente, como o som das ondas na maré baixa. O médico, no entanto, estava mais aturdido pelo chilrear dos pássaros do lado de fora: parecia uma legião infinita de bacuraus que piavam suas mensagens sem fim, em repetições diabolicamente sincronizadas com os arquejos ofegantes do moribundo. Era inquietante e incomum — excessivamente, pensava o dr. Houghton, como era toda a região, na qual adentrou tão relutantemente para atender à urgente chamada.

Por volta de 13h, o Velho Whateley recobrou a consciência e interrompeu seus arquejos para proferir algumas palavras a seu neto.

— Mais espaço, Willy, anda, mais espaço. Cê cresce, mas *aquilo* cresce mais apressado. Vai tá pronto pra servir ocê mais logo, garoto. Abre os portão de Yog-Sothoth com o cântico comprido que cê vai achar na página 751 da *edição completa*, e *dispois* queima a prisão. Num tem fogo na Terra capaz de queimá ele!

Notavelmente, estava ficando louco. Após uma pausa na qual o bando de bacuraus lá fora sincronizou seus gritos ao ritmo alterado, enquanto algumas indicações dos estranhos ruídos na colina vinham de longe, ele proferiu mais uma sentença ou duas.

— Dá de cumê a ele regularmente, Willy, e cuida da quantidade; mas num dexa crescê muito rápido, porque se ele rebentá os quarto e as porta antes docê abrir pro Yog-Sothoth, vai se acabá e num vai servi de nada. Só lá eles lá longe pode fazê ele se multiplicar e trabaiá ... Só eles, os antigo que querem vortá...

Mas o discurso deu lugar aos arquejos de novo e Lavínia gritou devido ao jeito com que os bacuraus acompanharam a mudança. Permaneceu assim por mais de uma hora, quando enfim se ouviu o último ruído gutural. O dr. Houghton cobriu seus olhos vidrados com as pálpebras caídas, enquanto o tumulto causado pelos pássaros silenciou-se imperceptivelmente. Lavínia soluçava, mas Wilbur apenas sorriu enquanto os ruídos nas colinas retumbavam debilmente.

— Eles num pegaro ele — murmurou, com a voz grave carregada.

Wilbur era, à época, um estudioso de alta erudição, em seu modo unilateral, e se comunicava por correspondência com vários bibliotecários de lugares distantes, onde livros raros e proibidos de outrora eram mantidos. Era cada vez mais temido e odiado em Dunwich devido a desaparecimentos de jovens, cujas suspeitas apontavam para sua porta; no entanto, ele sempre conseguia silenciar tais suposições, seja através do medo ou usando o fundo de ouro antigo que, como na época de seu avô, era utilizado regularmente na compra de rebanho. Ele aparentava, então, tremenda maturidade em seu aspecto, e sua altura, tendo atingido o limite normal para adultos, parecia capaz de sobrepujar sua figura. Em 1925, quando um correspondente acadêmico da Universidade de Miskatonic o visitou, retornando dali pálido e confuso, ele já tinha alcançado 2 metros.

Ao longo dos anos, Wilbur tratara sua albina e deformada mãe com um crescente desprezo, até que finalmente a impediu de acompanhá-lo às colinas na noite de Santa Valburga e no Dia de Todos os Santos; em 1926, a pobre criatura se queixou a Mamie Bishop por sentir medo dele.

— Posso contá mais dele procê, Mamie — disse ela —, e atuarmente tem mais coisa inda que nem eu num sei. Juro por Deus, num sei quê que ele qué nem o quê que ele tá tentano aprontá.

Naquele Halloween, os sons na colina pareciam mais altos que nunca e o fogo que ardia usualmente na Colina Sentinela direcionava agora ainda mais atenção das pessoas aos gritos ritmados de vastos bandos de bacuraus atrasados, que pareciam se reunir sob o breu da fazenda Whateley. Depois da meia-noite, seus gritos estridentes explodiram em uma espécie de gargalhada pandemoníaca que ecoou por toda a região e, na alvorada, eles finalmente se aquietaram. Então, desapareceram, apressando-se em direção ao sul, onde chegaram com um mês de atraso. O que isso significou, ninguém soube ao certo naquele momento. Nenhum aldeão parece ter morrido — mas a pobre Lavínia Whateley, a controversa albina, nunca mais foi vista.

No verão de 1927, Wilbur consertou dois galpões na fazenda e começou a mudança de seus livros e pertences para lá. Pouco depois, Earl Sawyer disse aos vadios de Osborn que mais obras estavam sendo realizadas na fazenda Whateley. Wilbur, que estava fechando todas as portas e janelas do térreo, parecia remover as divisórias como fizera, junto a seu avô, quatro anos antes. Ele estava morando em um dos galpões, e Sawyer

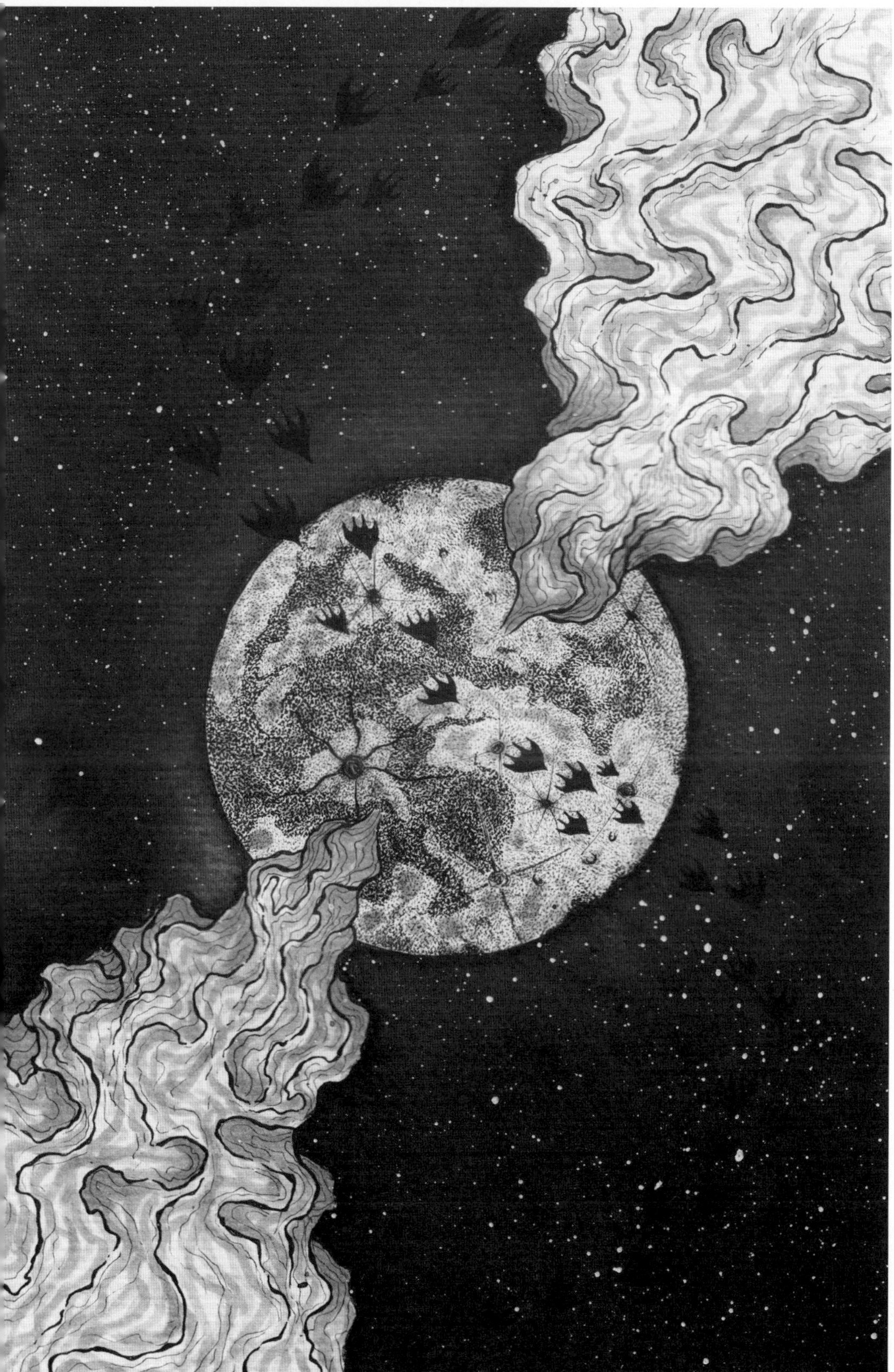

achou que parecia mais preocupado e trêmulo que o normal. As pessoas geralmente suspeitavam que ele sabia algo sobre o desaparecimento de sua mãe, e pouquíssimas se aproximavam da vizinhança, então. Sua altura ultrapassara os 2 metros, e não havia sinal de que tal crescimento fosse parar.

CAPÍTULO
- 5 -

O inverno seguinte trouxe consigo um evento não menos estranho que a primeira viagem de Wilbur para fora da região de Dunwich. Suas correspondências com a Biblioteca Widener, em Harvard, com a Biblioteca Nacional de Paris, o Museu Britânico, a Universidade de Buenos Aires e a Biblioteca da Universidade de Miskatonic, em Arkham, não lhe garantiram o empréstimo de um livro que desejava desesperadamente; por fim, foi pessoalmente, surrado, sujo, barbudo e com seu falar descortês, consultar a cópia em Miskatonic, que era o lugar mais próximo dele, geograficamente. Com quase 2 metros e meio e carregando uma nova mala barata da mercearia de Osborn, essa criatura obscura e selvagem apareceu certo dia em Arkham, buscando o temido volume guardado a sete chaves na biblioteca da universidade — o terrível *Necronomicon*, do louco Arab Alhazred, na versão em latim de Olaus Wormius, impressa na Espanha no século 17. Ele nunca tinha visto uma cidade antes, mas não pensava em nada além do caminho para o *campus* universitário, onde, aliás, passou imprudentemente pelo enorme cão de guarda de presas brancas que latiu com fúria e hostilidade sobrenaturais, puxando freneticamente a corrente rígida que o prendia.

Wilbur levava consigo a inestimável, mas imperfeita, cópia da versão inglesa do dr. Dee, a qual seu avô lhe havia deixado de legado e, assim que recebeu acesso à cópia em latim, cotejou os dois textos, na intenção de descobrir certa passagem que estaria na página 751 de seu volume defeituoso. Embora tentasse, não conseguia se refrear civilizadamente, então contou ao bibliotecário — o próprio erudito Henry Armitage (Mestre em Artes pela Miskatonic, Doutor em Filosofia por Princeton, Doutor em Literatura por Johns Hopkins) —, que certa vez visitara a fazenda,

e que agora educadamente lhe importunava com perguntas. Ele estava procurando, teve de admitir, uma espécie de fórmula ou encantamento contendo o apavorante nome *Yog-Sothoth*, e estava confuso por encontrar discrepâncias, cópias e ambiguidades, que tornavam sua missão bem mais difícil. Enquanto copiava a fórmula que finalmente escolheu, o dr. Armitage olhou involuntariamente sobre seus ombros para as páginas abertas: a que estava à esquerda, na versão latina, continha monstruosas ameaças à paz e à sanidade do mundo.

> Sequer devemos pensar (lia-se no texto que Armitage traduzia mentalmente) que o homem é o mais antigo ou o mais novo mestre terreno, ou que a massa comum da vida e da substância caminha sozinha. Os Antigos eram, os Antigos são, os Antigos hão de ser. Não nos espaços que conhecemos, mas *entre* eles. Eles caminham serenos e primitivos, sem dimensões e invisíveis para nós. *Yog-Sothoth* conhece a passagem. *Yog-Sothoth* é a passagem. *Yog-Sothoth* é a chave e o guardião da passagem. Passado, presente, futuro, todos são um em *Yog-Sothoth*. Ele sabe por onde os Antigos irromperam e por onde irromperão agora. Ele sabe por onde Eles trilharam os campos da Terra antes e onde o farão agora, e porque ninguém pode Os impedir enquanto o fazem. Por seu cheiro, podem os homens, às vezes, senti-Los se aproximar, mas, sua aparência, homem algum pode identificar: *exceto nos traços daqueles que Eles geraram entre os homens*, e dentre estes há vários tipos, diferindo em aparência, desde o homem mais semelhante ao espírito eidolon até o formato sem visão ou substância, que são *Eles*. Caminham invisíveis e imundos por lugares solitários em que as Palavras já foram ditas e os Ritos vociferados pelas Estações. O vento gralha com Suas vozes e a

> terra murmura com Suas consciências. Eles dobram a floresta, destroem a cidade e, ainda assim, não há floresta ou cidade que possa contemplar a mão que os pune. Kadath no frio deserto Os conheceu, mas qual homem conhece Kadath? O deserto de gelo no Sul e as ilhas submersas do Oceano guardam pedras em que Seu símbolo está gravado, mas quem viu a submersa cidade congelada ou a torre trancafiada, há muito emolduradas por algas e cracas? O Grande Cthulhu é Seu primo e, ainda assim, pode apenas espiá-Los vagamente. *Iä Shub-Niggurath!* De maneira infame vós Os conhecerão. Sua mão está em vosso pescoço, ainda assim não Os vedes. Sua habitação é a única ligada à Vossa entrada resguardada. *Yog-Sothoth* é a chave para a passagem onde as esferas se conectam. Agora reinam os homens onde Eles outrora reinaram; em breve Eles reinarão onde os homens agora o fazem. Após o verão vem o inverno, e após o inverno, o verão. Eles esperam paciente e potentemente, pois aqui Hão de reinar de novo.

O dr. Armitage — associando o que estava lendo ao que ouvira sobre Dunwich e suas presenças inquietantes, e sobre Wilbur Whateley e sua aura horrenda e obscura, que se estendia desde o nascimento suspeito à nebulosa probabilidade de matricídio — sentiu uma onda de horror, tão palpável quanto a corrente de ar vinda da viscosidade gélida de um túmulo. O gigante selvagem encurvado à sua frente parecia a prole de um outro planeta ou dimensão, algo parcialmente humano, ligado a abismos negros de entidades e essências que se estendiam como titãs fantasmas para além de todas as esferas de força e matéria, espaço e tempo.

Nesse momento, Wilbur ergueu a cabeça e começou a falar daquele modo estranho e ressoante, que sugeria órgãos produtores de sons diferentes dos comuns entre os homens.

— Sinhô Armitage — disse ele —, carculo qu'eu tenhu de levá esse livro prá casa. Tem umas coisa neie qu'eu tenhu de tentá numas condição que num posso tentá aqui, e ia de sê pecado deixá umas regra boba dessa impedi eu. Deixa eu levá mais eu, sinhô, prometo que ninguém há de sarber a diferença. Num preciso de falar que vô cuidá direitim dele. Num fui eu quem deixô o livro do vô assim...

Ele parou ao notar a expressão de recusa firme no rosto do bibliotecário, então suas próprias feições horrendas se tornaram ardilosas. Armitage, quase pronto para lhe dizer que fizesse cópias das partes que precisava, pensou repentinamente nas consequências e se conteve. Era muita responsabilidade dar a chave para tal criatura de tais esferas blasfemas exteriores. Whateley percebeu em que patamar as coisas estavam e tentou responder delicadamente.

— Ora, tá certo, se o sinhô tá quereno assim. Tarvez Harvard num seja tão cheio das coisa quant'ocê. — E, sem dizer mais nada, levantou-se e irrompeu para fora do prédio, parando em cada uma das portas.

Armitage ouviu o latido selvagem do grande cão de guarda e estudou os trejeitos do garoto enquanto atravessava o espaço do *campus* visível de sua janela. Ele pensou nas fábulas selvagens que ouvira e lembrou das antigas histórias semanais do *Advertiser*; nisso e no folclore que havia sondado dos camponeses e aldeões de Dunwich durante sua única visita ao vilarejo. Coisas invisíveis, de fora da terra — ou, pelo menos, desta terra tridimensional — precipitavam-se fétidas e horrendas pelos vales da Nova Inglaterra, e pairavam de maneira obscena nos cumes das montanhas. Sobre isso, há muito já tinha certeza. Agora, parecia sentir a presença contígua de alguma parte terrível desse horror intromissivo, e também vislumbrar um progresso demoníaco no obscuro domínio do antigo, e outrora passivo, pesadelo. Ele trancafiou o *Necronomicon*, estremecendo de desgosto, mas o cômodo ainda cheirava a algo profano e não identificado.

— De maneira infame vós os conhecerão — repetiu. Sim, o odor era o mesmo que o enojara na fazenda dos Whateley, há menos de três anos. Ele pensou em Wilbur, selvagem e nefasto, mais uma vez, e riu ironicamente dos rumores do vilarejo sobre sua paternidade.

— Endogamia? — Armitage murmurou à meia-voz para si. — Meu Deus, que simplórios! Mostre-lhes o *Grande Deus Pan*, de Arthur Machen, e o tomarão por um escândalo comum de Dunwich! Mas que criatura, que influência amaldiçoada, disforme, de dentro ou de fora desta terra tridimensional, foi o pai de Wilbur Whateley? Nascido no Dia de Nossa Senhora da Candelária — nove meses após a Noite de Santa Valburga de 1912, quando os rumores sobre estranhos ruídos vindos da terra chegaram à Arkham —, que tipo de ser caminhava pelas montanhas naquela Noite de Santa Valburga? Que horror nascido no dia da Exaltação da Cruz se impunha nesta terra, em carne e osso semi-humanos?

Nas semanas posteriores, o dr. Armitage se empenhou em coletar toda informação possível sobre Wilbur Whateley e as presenças amorfas em volta de Dunwich. Ele entrou em contato com o dr. Houghton de Aylesbury, que atendeu o Velho Whateley em sua última enfermidade, e encontrou muito sobre o que ponderar nas últimas palavras do avô, reproduzidas pelo médico. Uma visita à Dunwich não lhe trouxe mais novidades, mas uma consulta minuciosa ao *Necronomicon*, pelas partes que Wilbur tão avidamente procurara, pareceu lhe fornecer novas e terríveis pistas de natureza, métodos e desejos daquele mal estranho, que tão obscuramente ameaçava este planeta. Conversas com diversos alunos de cultura arcaica em Boston e cartas para muitos outros em variados lugares proporcionaram-lhe um espanto crescente, que passou lentamente por múltiplos estágios, desde o estado alarmado até o mais agudo medo espiritual. À medida que o verão se aproximava, ele sentia soturnamente que algo deveria ser feito sobre os terrores que espreitavam a parte superior do Vale Miskatonic, e sobre o monstruoso indivíduo, conhecido pelo mundo dos homens como Wilbur Whateley.

CAPÍTULO
~ 6 ~

O horror de Dunwich só ocorreu entre a Festa da Colheita e o equinócio de 1928, e o dr. Armitage estava entre as testemunhas de seu prólogo monstruoso. Ele tinha ouvido, nesse meio tempo, sobre a grotesca viagem de Whateley à Cambridge, e de seus esforços frenéticos para pegar emprestada uma cópia do *Necronomicon* da Biblioteca Widener. Tais esforços foram em vão, posto que Armitage enviara avisos da mais profunda intensidade para os bibliotecários que possuíam o temido volume sob seus cuidados. Wilbur estivera incrivelmente nervoso em Cambridge, ansioso pelo livro e quase tão ansioso para chegar em casa, como se temesse os resultados de se afastar por tanto tempo.

No começo de agosto, o desfecho já esperado se concretizou, e na madrugada do terceiro dia o dr. Armitage foi subitamente acordado pelos selvagens e ferozes latidos do indômito cão de guarda do *campus* da universidade. Profundos e atrozes, os ríspidos, desvairados latidos e rugidos continuaram, sempre com o volume crescente, mas com pausas odiosamente significativas. Então, ouviu-se um grito vindo de uma garganta completamente diferente — um grito que despertou metade dos habitantes de Arkham e que aterrorizou seus sonhos para sempre — um grito que não poderia advir de um ser nascido na Terra ou completamente humano.

Armitage se vestiu apressadamente e atravessou correndo a rua e o gramado em direção aos prédios da universidade, onde vislumbrou que outros já haviam chegado. Então, ouvira os ecos do alarme antirroubo que vinha da biblioteca. À luz da lua, uma janela se revelara como um buraco negro. O que viera havia, de fato, entrado, pois os latidos e gritos, mesclando-se rapidamente em rosnados e gemidos baixos, advinham sem dúvidas do interior. Uma espécie de instinto alertou Armitage que aquilo que tomava forma não era algo feito para olhos despreparados, então ele empurrou a multidão para trás enquanto abria, com autoridade, a porta do vestíbulo. Em meio aos outros, viu o Professor Warren Rice e o dr. Francis Morgan, homens com os quais havia compartilhado algumas de suas conjecturas e apreensões, e lhes fez sinal para que o acompanhassem. Os sons interiores, à exceção de um choramingo vigilante do cachorro, haviam, então, cessado consideravelmente. Armitage, no entanto, percebia agora um refrão alto de bacuraus, que se iniciara subitamente em meio ao matagal, piando em um ritmo abominável, como se em uníssono à respiração de um moribundo.

O prédio exalava um terrível odor, já muito conhecido pelo dr. Armitage, então os três homens dispararam pelo corredor até a sala de leitura genealógica, de onde vinham as silenciosas lamúrias. Por um segundo, ninguém ousou acender a luz; então, Armitage juntou toda sua coragem e apertou o interruptor. Um dos três, não se sabe ao certo qual, gritou ao ver o que estava esparramado à sua frente em meio às mesas e cadeiras reviradas. O Professor Rice declarou ter perdido a consciência por um segundo, embora não tenha vacilado ou caído.

A criatura, que pendia de lado em uma piscina fétida de icor amarelo-esverdeado e alcatrão viscoso, tinha quase 2,80 metros, e o cachorro havia rasgado toda sua roupa e parte da pele. Não estava completamente morta, mas se contorcia em espasmos silenciosos enquanto seu peito chiava em um uníssono monstruoso com o piar delirante dos bacuraus ansiosos do lado de fora. Pedaços de sapato de couro e fragmentos de roupas estavam espalhados pela sala e, no vão da janela, uma lona vazia continuava onde fora jogada. Próximo à escrivaninha central havia um revólver caído e um cartucho amassado, mas não descarregado, que mais tarde, elucidou porque não havia sido disparado. A criatura em si, no entanto, ofuscava as outras imagens. Seria trivial, e não completamente verdadeiro, afirmar que nenhuma pena humana poderia descrevê-la, mas atesta-se com propriedade que ela não poderia ser visualizada por ninguém cujas ideias do aspecto e formato estivessem muito ligadas às formas cotidianas deste planeta ou das três dimensões conhecidas. Era parte humana, sem dúvidas, com a cabeça e as mãos muito humanoides, e o rosto protuso mostrava a marca dos Whateleys em si. Mas o torso e as partes inferiores do corpo eram monstruosamente fabulosos, de tal modo que apenas quantidades consideráveis de roupas poderiam permitir que andassem na terra sem que fossem desafiadas ou erradicadas.

Acima da linha da cintura era semi-antropomórfico, embora o peito — onde as patas dilaceradoras do cachorro ainda repousavam atentamente — tenha pele reticulada como couro de crocodilo ou jacaré. As costas eram rajadas de amarelo e preto, sugerindo vagamente a aparência escamosa de certas serpentes. Abaixo da linha da cintura, no entanto, era ainda pior, pois era onde a semelhança humana desaparecia, dando lugar à pura fantasia. A pele era coberta por uma grossa pelagem áspera e negra, e desde o abdômen uma protuberância com longos tentáculos cinza-esverdeados e bocas-ventosas vermelhas se projetava, gelatinosa. Sua disposição era estranha e parecia seguir a simetria de alguma geometria cósmica, desconhecida na Terra ou no Sistema Solar. Em cada quadril, cravejado profundamente em uma espécie de órbita rosa e ciliada, havia o que parecia ser um olho rudimentar; ao passo que, no lugar da cauda, pendia um tipo de tromba ou antena, com marcas anulares roxas que muito evidenciavam ser uma boca ou garganta não desenvolvida. Os membros, à exceção de sua pelagem negra, lembravam grosseiramente as patas traseiras de gigantes lagartos pré-históricos, e terminavam em coxins com veias saltadas, que não eram nem cascos, nem garras. Quando a criatura respirava, sua cauda e tentáculos mudavam ritmadamente de cor, como

se fosse por alguma causa circulatória, comum à sua ancestralidade não humana. Nos tentáculos isso era tão perceptível quanto a intensidade do tom esverdeado, que na cauda se manifestava com uma aparência amarelada, alternando com um branco-acinzentado doentio nos espaços entre os metâmeros roxos. De sangue genuíno não tinha nada, apenas o fétido ícor amarelo-esverdeado que pingava pelo piso pintado, para além do alcance da viscosidade, deixando uma descoloração curiosa em seu rastro.

Quando a presença dos três homens pareceu despertar a criatura moribunda, ela começou a murmurar, sem virar ou levantar a cabeça. O dr. Armitage não fez nenhum registro escrito de seus balbucios, mas afirmou confiantemente que nada em nosso idioma fora proferido. A princípio, as sílabas desafiavam qualquer correlação com os falares da Terra, mas, ao final, produziu alguns fragmentos desconexos, evidentemente retirados do *Necronomicon*, aquela monstruosa blasfêmia pela qual a criatura havia padecido. Esses fragmentos, pelo que Armitage se lembrava, eram algo como: "*N'gai, n'gha'ghaa, bugg-shoggog, y'hah; Yog-Sothoth,Yog-Sothoth...*". Eles apontavam para o vazio, enquanto os bacuraus piavam em sons ritmados, como em uma profana antecipação.

Então, interrompeu-se o arquejar, e o cão levantou a cabeça em um longo e lúgubre uivo. Uma mudança recaiu sobre o rosto pardo e protuso da criatura prostrada, e seus grandes olhos negros se fecharam assustadoramente. Do lado de fora da janela, o estrondo dos bacuraus cessou repentinamente e, acima dos murmúrios da multidão reunida, ouviu-se o som de zumbidos e vibrações que espalharam o pânico. Próximas à lua, nuvens de observadores alados se ergueram e dispararam, sumindo de vista, frenéticos atrás da presa que haviam encontrado.

De repente, o cachorro se levantou abruptamente, emitiu um latido assustado e saltou nervosamente pela janela através da qual entrara. Um grito despontou pela multidão e o dr. Armitage gritou para os homens do lado de fora que ninguém poderia entrar até que a polícia ou o médico legista chegasse. Sentia-se grato pelas janelas serem muito altas, impossibilitando que fossem escrutinadas e puxou as cortinas escuras cuidadosamente sobre cada uma delas. Nesse momento, dois policiais chegaram, e o dr. Morgan os encontrando no vestíbulo, advertiu-os, para seu próprio bem, a adiar a entrada na fétida sala de leitura, até que o examinador chegasse e a criatura prostrada pudesse ser coberta.

Enquanto isso, mudanças assustadoras ocorriam no chão. Não é necessário descrever o *tipo* e o *nível* de encolhimento e desintegração que ocorreram diante dos olhos do dr. Armitage e do Professor Rice, mas é permitido dizer que, para além da aparência do rosto e das mãos, os elementos verdadeiramente humanos de Wilbur Whateley devem ter sido ínfimos. Quando o médico legista chegou, havia apenas uma massa esbranquiçada e pegajosa nas tábuas pintadas, e o odor monstruoso quase desaparecera. Aparentemente, Whateley não possuíra crânio ou esqueleto ósseo, pelo menos não em um sentido verdadeiro ou estável. De algum modo, puxara algo de seu desconhecido pai.

CAPÍTULO 7

Entretanto, isso foi apenas o prólogo do verdadeiro horror de Dunwich. Os oficiais aturdidos procederam às formalidades; detalhes anormais foram devidamente ocultados da imprensa e do público, e homens foram enviados para Dunwich e Aylesbury para avaliar a propriedade e notificar quem pudesse ser herdeiro do falecido Wilbur Whateley. Encontraram a região em grande agitação, tanto pelos altos estrondos sob as colinas arredondadas, quanto pelo odor inusitado e pelos sons do marulhar das ondas se quebrando, advindas da grande concha vazia formada pela fazenda dos Whateley. Earl Sawyer, que cuidou do cavalo e do rebanho durante a ausência de Wilbur, desenvolvera uma deplorável e aguda crise nervosa. Os oficiais formularam desculpas para não entrar no local vedado e desagradável, e ficaram felizes em restringir sua investigação nos aposentos do falecido, isto é, os galpões recentemente consertados, a uma única visita. Preencheram um relatório enfadonho no tribunal de Aylesbury, e suspeita-se que os litígios relativos à herança ainda estejam em andamento entre os inumeráveis Whateley, decadentes ou não, da parte superior do Vale Miskatonic.

Um manuscrito quase interminável, escrito em estranhos caracteres em um enorme livro razão, assemelhando-se a um diário devido ao espaçamento e as variações de tinta e caligrafia, apresentava-se como um quebra-cabeça desconcertante àqueles que o encontraram na antiga cômoda usada como escrivaninha por seu dono. Após uma semana de debates, foi enviado para a Universidade de Miskatonic, junto à coleção de livros estranhos do falecido, para estudos e uma possível tradução; no entanto, mesmo os melhores linguistas logo notaram que provavelmente não seria decifrado com facilidade. Não havia nem sinal do antigo dinheiro com o qual Wilbur e o Velho Whateley sempre pagaram suas dívidas.

Ao anoitecer, no dia 9 de setembro, o horror se libertou. Os ruídos na colina se acentuaram muito e os cachorros latiram freneticamente ao longo da noite. Os primeiros a despertar no dia 10 notaram um odor peculiar no ar. Por volta das 7h, Luther Brown, o garoto contratado pela fazenda de George Corey, localizada entre o vilarejo e o Vale da Primavera Fria, regressou freneticamente de seu passeio matinal com as vacas ao Prado de 10 Acres. Estava quase convulsionando de medo quando entrou, aos tropeços, na cozinha; no quintal, o rebanho não menos aterrorizado trotava e mugia miseravelmente, tendo seguido o garoto de volta pelo medo compartilhado com ele. Entre arquejos, Luther tentou balbuciar sua história para a sra. Corey.

— Lá no arto, na estrada despois do vale, dona Corey, tem arguma coisa lá! Tem chêro de raio e todas as arvrizinha e arbusto fôro jogado pra fora da estrada iguar como se uma casa tivesse passado por de cima dali. E num é nem o pió. Tem umas *pegada* na estrada, dona Corey — pegadas grande por dimais, iguarzin uns barril, tudo afundado como se um elefante tivesse pisado, *só qu'elas são dum tamanho que quatro pés num podia fazê*. Olhei pr'umas duas antes de eu me correr dali e vi que todas tavam coberta cum umas linhas saindo dum lugar só, como se um leque de foia de parmêra — mas mais grande que quarquer uma delas — tivesse sido derrubado no mei da estrada. E o cheiro era ruim por dimais, igual o chero nos arredor da casa véia do Fiticeiro Whateley...

Nesse momento, ele hesitou, parecendo estremecer novamente com o medo que o mandara correndo para casa. A senhora Corey, incapaz de extrair mais informações, telefonou para os vizinhos, iniciando, por sua vez, a temporada de pânico que prenunciou terrores maiores. Quando

falou com Sally Sawyer, empregada na fazenda de Seth Bishop, o lugar mais próximo da residência dos Whateley, foi sua vez de ouvir invés de falar, pois o filho de Sally, Chauncey, mal dormira e havia subido na colina em frente aos Whateley, recuando aterrorizado após dar uma olhada no lugar e na pastagem onde as vacas do senhor Bishop haviam sido deixadas durante a noite.

— Sim, dona Corey — ouviu-se a voz trêmula de Sally pela linha telefônica — Chancey acabô de vortar de lá e num conseguia nem falá de tanto medo! Falô que a casa do véio Whatley exprudiu, cum as tábuas jogada em vorta irguar se tivesse dinamite lá dentro; só o térreo que num exprudiu junto, mas tá todo cobrido cum um troço irguar piche que cheira mal por dimais, e qu'escorre sem pará das borda pro chão, onde tão as tábua de madeira que voaro. E tem mais umas marca feia por dimais no quintar, também – umas marcona grande, mais grande que um barril, e tudo grudenta cum a mesma coisa lá da casa exprudida. Chancey, ele falô qu'elas vêm lá dos canto do pasto onde se formô uma fileira mais larga que um garpão e todas parede de pedra cairo tudo lá pros lado qu'ele passô.

— E ele, dona Corey, contô que quando foi procurá pelas vaca do Seth, apavorardo irguar tava, achô elas no arto do pasto lá perto do Estalero do Diarbo, num estado horrível sô. Metade delas tinha sumido, e a ôta metade qu'inda tava por lá num tinha mais sangue, cuns machucado irguar do rebain' dos Whateley quando o minino negro da Lavinha narsceu. O Seth saiu agora pra vê elas, mas eu juro qu'ele num vai de queré chegá mais perto da casa do Feiticeiro Whateley! Chancey num ficô pra descobri d'onde que dava a filera de garpão pra mais despois do pasto, mas ele falô que acha que dá lá pra estrada do vale que vai pra cidade.

— Digo procê, dona Corey, tem arguma coisa lá fora que num tinha que tá lá, e eu acho qu'aquele amaldiçoado do Wilbur Whateley teve o fim que tinha que tê, e acho que tem curpa desse mal. Ele mesmo num era de todo humano, eu sempre que disse procês tudo, e eu acho qu'ele e o véio Whateley deve de tê criado arguma coisa lá den'da casa trancada qu'era menos humano qu'ele. Sempre teve umas coisa escondida pras banda de Dunwich — coisas viva — que num é nem humano nem bão pra gente humana.

— O chão tava falano onte de noite e de dia. Chancey escutô os bacurau piare tão arto no Vale da Primavera Fria que num conseguiu mais dormí. Despois achô de ouvi ôto barulhim lá da casa do Fiticeiro Whateley, parecia madeira caino ou despedaçano, irguar como se arguém abrisse uma caixona ou uma gaiola lá longe. Cum isso, ele num conseguiu dormir de jeito nenhum, até o sol raiá, e aí rapidim se levantô, mas teve de ir nos Whateley vê qual que era o poblema. Eu te digo qu'ele viu o bastante, dona Corey! Isso num é nada bão e eu acho que todos os homi devia de se levantá e fazê arguma coisa. Eu sei que tem argo muito do ruim rondando e sinto que minha hora tá chegano, apesar de que só Deus sabe mermo quando que é.

— Seu minino Luther descobriu pr'onde é que as linhas dão? Não? Bão, dona Corey, s'elas tava pro lado de cá na estrada do vale e num chegaro na sua casa ainda, carculo qu'elas deve de ter mesmo é entrado no vale. Faz sentido. Eu sempre digo que o Vale da Primavera Fria num é lugar bão nem direito. Os bacurau e os pirilampo de lá nunca agiro irguar se fosse criatura de Deus, e tem gente que falô qu'ocê pode ouvir umas coisa esquisita correno e falano pras banda de lá s'ocê ficá no lugar certo, no mei' da escarpa e da Toca do Urso.

Por volta de 12h, três quartos dos homens e meninos de Dunwich marchavam pelas estradas e prados entre as recentes ruínas da fazenda dos Whateley e o Vale da Primavera Fria, examinando com horror as vastas e monstruosas pegadas, o gado mutilado de Bishop, o estranho e ruidoso desabar da fazenda, e a vegetação pisada e emaranhada dos campos e das beiras de estrada. O que quer que tivesse irrompido sobre o mundo, certamente havia descido pela grande e sinistra ravina, pois todas as árvores nas encostas estavam retorcidas e quebradas, e uma grande avenida fora aberta sobre a vegetação rasteira na beira do precipício. Era como se uma casa, resvalada por uma avalanche, houvesse deslizado pelos brotinhos emaranhados na encosta quase vertical. Das profundezas não advinha som algum, apenas um odor distante e indefinível; não é de se admirar que os homens preferissem ficar na beira e discutir, em vez de descer e conter o desconhecido horror Ciclópico em seu covil. Três cães que estavam com o grupo latiram furiosamente, no início, mas pareceram relutantes e intimidados ao se aproximarem do vale. Alguém informou o *Aylesbury Transcript* por telefone, mas o editor, acostumado a contos selvagens sobre Dunwich, não fez nada além de inventar um parágrafo humorístico sobre aquilo, o que foi logo reproduzido pelo Associated Press.

Naquela noite todos foram para casa, e as residências e os celeiros foram barricados da forma mais resoluta possível. Não é preciso dizer que nenhum rebanho foi autorizado a permanecer em pastos abertos. Por volta das 2h, um odor apavorante e latidos selvagens dos cães acordaram a família Elmer Frye, na ponta leste do Vale da Primavera Fria, e todos confirmaram que podiam ouvir uma espécie de sibilo abafado ou o som do quebrar das ondas vindo de algum lugar do lado de fora. A senhora Frye sugeriu telefonar aos vizinhos, e Elmer estava prestes a concordar quando o barulho de madeira estilhaçando ressoou por suas deliberações. Veio, aparentemente, do celeiro, e foi rapidamente seguido pelo trotar e pelos gritos hediondos do rebanho. Os cães babaram e se agacharam aos pés da família, entorpecida pelo medo. Frye acendeu uma lanterna por força do hábito, mas sabia que sair para aquele quintal soturno significaria a morte. As crianças e as mulheres choramingavam, impedidas de gritar por algum instinto de defesa obscuro e vestigial que lhes dizia que sua vida dependia do silêncio. Por fim, o barulho do rebanho minguou em um lamentável gemido, e grandes estalos, estrondos e crepitações se seguiram. Os Fryes, amontoados na sala de estar, não se atreveram a mover um dedo até que os últimos ecos morressem, ao longe, no Vale da Primavera Fria. Então, em meio aos gemidos sombrios do estábulo e ao piar demoníaco dos noitibós no vale, Selina Frye cambaleou até o telefone e espalhou as notícias que pôde sobre a segunda fase do horror.

No dia seguinte, a região estava em pânico e grupos acuados e pouco comunicativos iam e vinham de onde a coisa diabólica surgira. Duas faixas titânicas de destruição se estendiam desde o vale até o quintal dos Frye, impressões monstruosas cobriam a lama no chão e um lado do velho celeiro vermelho desmoronara. Do rebanho, por volta de um quarto, somente, pôde ser encontrado e identificado. Alguns se tornaram carcaças inusitadas, enquanto os sobreviventes tiveram de ser baleados. Earl Sawyer sugeriu que solicitassem ajuda de Aylesbury ou Arkham, mas outros insistiram que seria inútil. O velho Zebulon Whateley, de um ramo que hesitava entre a integridade física e mental e a decadência, fez sugestões sombriamente selvagens sobre os ritos que deveriam ser praticados no topo das colinas. Ele veio de uma linhagem em que a tradição se mostrava forte e suas memórias dos cânticos nos grandes círculos de pedra não estavam totalmente relacionadas a Wilbur e seu avô.

A escuridão recaiu sobre a aldeia acometida, passiva demais para se organizar para uma defesa real. Em alguns casos, sob a escuridão, famílias muito íntimas se uniam e espreitavam sob o mesmo teto, mas, em geral, havia apenas uma repetição da barricada da noite anterior e uma atitude fútil e ineficaz de carregar mosquetes e colocar forquilhas comodamente. Nada, no entanto, ocorreu, exceto por alguns ruídos na colina; quando chegou o dia, muitos estavam esperançosos que o novo horror houvesse acabado tão rapidamente quanto chegara. Havia até almas ousadas que propuseram uma ofensiva ao vale, embora não se aventurassem a ser um exemplo real para a maioria, ainda relutante.

Quando a noite chegou novamente, repetiu-se a barricada, embora houvesse menos famílias amontoadas. De manhã, as famílias Frye e de Seth Bishop observaram uma agitação entre os cães, sons vagos e odores ruins ao longe, enquanto os primeiros exploradores notaram, com horror, um novo conjunto de trilhas monstruosas na estrada contornando a Colina Sentinela. Como ocorrera antes, as encostas da estrada mostravam um indicativo contundente do volume blasfemo e estupendo do horror, ao passo que a estrutura dos trilhos parecia indicar uma passagem em duas direções, como se a montanha em movimento tivesse vindo do Vale da Primavera Fria e retornado a ele pelo mesmo caminho. Na base da colina, uma faixa com 9 metros de mudas e arbustos esmagados se acentuava para cima, e os aldeões perderam o fôlego ao ver que mesmo os lugares mais perpendiculares não desviavam a trilha inexorável. Qualquer que fosse o horror, podia escalar um penhasco rochoso a quase 90°; quando os investigadores subiram até o cume da colina por estradas mais seguras, viram que a trilha terminava — ou melhor, se invertia — ali.

Era ali que os Whateleys costumavam construir suas fogueiras infernais e cantar seus rituais diabólicos em frente à pedra-távola na Noite de Santa Valburga e no dia de Todos os Santos. Agora, essa mesma pedra dera lugar ao centro de um vasto espaço, destruído pelo horror das montanhas, ao passo que, em sua superfície ligeiramente côncava, havia um depósito espesso e fétido da mesma viscosidade de alcatrão observada no chão da fazenda em ruínas dos Whateley quando o horror se libertara. Os homens se entreolharam e murmuraram. Então, olharam colina abaixo. Aparentemente, o horror havia descido por um caminho muito parecido com o de sua ascensão. Especular era inútil. Razão, lógica e ideias normais de motivação continuaram confusas. Somente o velho Zebulon, que não estava com o grupo, poderia ter feito justiça à situação ou sugerido uma explicação plausível.

A noite de quinta-feira começou muito parecida com as outras, mas terminou muito pior. Os bacuraus no vale gritaram com uma persistência tão incomum que muitos não conseguiram dormir e, por volta das 3h, todos os telefones do grupo vibraram. Aqueles que atenderam à chamada ouviram uma voz maníaca, assustada gritar: “Socorro, oh, meu Deus!..” e alguns pensaram ter ouvido um som estridente seguir a interrupção da exclamação. Não houve nada mais. Ninguém se atrevera a fazer nada, e ninguém soube, até de manhã, de onde viera a chamada. Então, aqueles que a tinham atendido chamaram todos na linha e descobriram que apenas os Frye não responderam. A verdade apareceu uma hora depois, quando um grupo de homens armados foi apressadamente reunido, caminhando em direção à residência dos Frye, no topo do vale. Foi horrível; ainda assim, dificilmente uma surpresa. Havia mais trechos e impressões monstruosas, mas não havia mais casa alguma. Havia cedido como uma casca de ovo e, entre as ruínas, nada vivo ou morto poderia ser descoberto — apenas um mau cheiro e uma viscosidade. Os Elmer Frye foram extintos de Dunwich.

CAPÍTULO 8

Nesse meio tempo, uma fase de horror ainda mais silenciosa e espiritualmente pungente se avultava soturnamente atrás de uma sala repleta de estantes na biblioteca de Arkham. O curioso registro ou diário escrito à mão por Wilbur Whateley, entregue à Universidade de Miskatonic para que fosse traduzido, havia gerado muitas preocupações e confusões entre os linguistas, tanto os de língua antiga quanto os de língua moderna; seu próprio alfabeto, embora possuísse certa semelhança com o árabe antigo usado na Mesopotâmia, era desconhecido pelos especialistas disponíveis. A conclusão dos linguistas foi que o texto era representante de um alfabeto artificial, semelhante a uma encriptação, apesar de nenhum método para resolução de criptografia ter fornecido pista alguma, nem mesmo quando aplicado à base de cada língua que o autor podia, presumivelmente, ter utilizado. Os livros antigos retirados da residência dos Whateley, embora notavelmente arrebatadores e, em diversos casos, promissores no que concerne a novas e terríveis linhas de pesquisa entre filósofos e cientistas, foram absolutamente inúteis nesse assunto. Um deles, um tomo pesado, com uma fivela de ferro, estava em outro alfabeto desconhecido — este, de uma família completamente distinta, parecia-se mais com o sânscrito do que qualquer outra coisa. O antigo livro razão estava, nesse ponto, a encargo do Doutor Armitage, tanto por seu interesse peculiar no assunto "Whateley" quanto por habilidades e conhecimentos linguísticos amplos no campo das fórmulas místicas da Antiguidade e da Idade Média.

Armitage suspeitava que o alfabeto fosse utilizado no meio esotérico por alguns cultos proibidos que persistem desde a antiguidade e que herdaram diversas formas e tradições dos feiticeiros do mundo Sarraceno.

Essa questão, no entanto, ele não decretou como vital, uma vez que seria desnecessário saber a origem dos símbolos se, como suspeitava, eles fossem utilizados como códigos em uma língua moderna. Acreditava que, considerando a grande quantidade de texto envolvido, o escritor dificilmente teria desejado a complicação de usar um idioma que não fosse o seu, salvo, talvez, em certos encantamentos e fórmulas especiais. Consequentemente, enfrentou o manuscrito, pressupondo que sua maior parte estaria em inglês.

O Dr. Armitage sabia, pelos repetidos fracassos de seus colegas, que o enigma era profundo e complexo, e que nenhum método simplório de solução mereceria sequer uma tentativa. Durante o fim de agosto, ele se muniu de conhecimento sobre criptografia, recorrendo às fontes mais completas de sua biblioteca, escrutinando-as noite após noite em meio aos mistérios de *Poligraphia*, de Trithemius, *De Furtivis Literarum Notis*, de Giambattista Porta, *Traité des Chiffres*, de De Vigenere, *Cryptomenysis Patefacta*, de Falconer, além da dissertação de Davys e Thickness sobre o Século Dezoito e de autoridades razoavelmente modernas, como *Kryptographik*, de Blair, von Marten, e Klüber. Ele intercalou seus estudos dos livros com consultas ao manuscrito em si e, com o tempo, convenceu-se de que estava lidando com um daqueles criptogramas sutis e engenhosos, nos quais diversas listas de letras correspondentes são organizadas como em uma tabela de multiplicação, e a mensagem é construída com palavras-chave arbitrárias, conhecidas apenas pelos iniciados. As autoridades mais velhas pareciam ajudar bem mais que as atuais, e Armitage concluiu que o código do manuscrito era extremamente antigo, sem dúvidas passado por uma extensa linhagem de entusiastas místicos. Diversas vezes, parecia avistar a luz, apenas para ser jogado de volta à escuridão por obstáculos imprevistos. Então, quando setembro se aproximava, as nuvens começaram a clarear. Algumas letras utilizadas em certas partes do ma-

nuscrito se assomaram segura e claramente, e parecia óbvio que o texto estava, de fato, em inglês.

Ao anoitecer de 2 de setembro, o último grande obstáculo tombou e o Dr. Armitage leu, pela primeira vez, uma passagem contínua dos anais de Wilbur Whateley. Tratava-se, na verdade, de um diário, como todos pensavam, e fora redigido de tal forma que mostrava claramente a mistura de erudição oculta com iliteracia generalizada da estranha criatura que o escrevera. Quase toda a primeira passagem que Armitage decifrou, datada de 26 de novembro de 1916, mostrou-se fortemente inquietante e assustadora. Havia sido escrita, ele lembrou, por uma criança de 3 anos e meio, que se parecia com um garoto de 12 ou 13.

> Hoje aprendi o Aklo para o Sabaoth (lia-se), que não gostei, já que veio das colinas e não do ar. Aquele de cima é mais adiantado do que eu imaginava, e não parece ter muito cérebro da Terra. Atirei em Jack, o *collie* de Elam Hutchins, quando ele tentou me morder, e Elam disse que me mataria se tivesse coragem. Acho que não acontecerá. O vô me fez ficar repetindo a fórmula de Dho ontem à noite, e acho que vi a cidade interior nos dois polos magnéticos. Eu devo ir até esses polos quando a terra for extinta, se não conseguir entrar com a fórmula de Dho-Hna quando a utilizar. Aqueles do ar me disseram no Sabbath que serão anos até que eu consiga extinguir a Terra, e acho que o Vô já vai até estar morto, então tenho que aprender todos os ângulos dos planos e todas as fórmulas entre o Yr e o Nhhngr. Aqueles de fora ajudarão, mas não podem tomar corpos sem sangue humano. Aquele de cima aparentemente vai ter o molde certo. Consigo vê-lo um pouco quando faço o sinal de Yoorish, ou quando invoco o poder de Ibn Ghazi contra ele,

> e é quase como aqueles da Noite de Santa Valburga na Colina. O outro rosto talvez desapareça. Imagino com o que irei me parecer quando a Terra for extinta e não houver mais nenhum ente humano sobre ela. Aquele que veio com a Aklo Sabaoth disse que talvez eu seja transfigurado, tendo muito do externo em que trabalhar.

Pela manhã, o Dr. Armitage se encontrava suando frio de medo, em estado de alerta e bastante concentrado em sua leitura. Ele não abandonara o manuscrito a noite toda, e permanecera sentado à mesa sob a luz elétrica, virando página após página com as mãos trêmulas, tão rápido quanto podia para decifrar o texto criptografado. Ele havia telefonado, nervoso, para sua esposa, pois não iria para casa, e quando ela lhe trouxe o café da manhã, ele mal conseguia beliscar. Durante aquele dia, permaneceu lendo, parando vez ou outra quando uma reaplicação da complexa encriptação se tornava necessária. Almoço e jantar foram entregues, mas comeu muito pouco em ambos. No meio da noite seguinte, ele adormeceu em sua cadeira, mas logo acordou de uma mistura de pesadelos quase tão horríveis quanto as verdades e ameaças à existência do homem que havia descoberto.

Na manhã de 4 de setembro, o Professor Rice e o Dr. Morgan insistiram para vê-lo por um instante e partiram pálidos e trêmulos. Naquela noite, foi para a cama, mas teve um sono inquieto. No dia seguinte, uma quarta-feira, voltou ao manuscrito e tomou notas copiosas tanto das seções atuais quanto daquelas que já havia decifrado. Naquela madrugada, ele dormiu um pouco em uma poltrona de seu escritório, mas voltou ao manuscrito antes do amanhecer. Pouco antes de 12h, seu médico, o Dr. Hartwell, ligou para vê-lo, e insistiu que parasse de trabalhar. Ele se recusou, insinuando que lhe era de vital importância completar a leitura do diário, prometendo uma explicação no momento oportuno.

Naquela noite, ao cair do crepúsculo, ele terminou sua terrível leitura e afundou-se em sua poltrona, exausto. Ao trazer o jantar, sua esposa o encontrou em um estado de semi-coma, mas consciente o suficiente para adverti-la, com um grito agudo, quando viu seus olhos vagarem em direção às anotações que ele havia feito. Levantando-se sem forças, ele reuniu os papéis rabiscados e selou-os em um grande envelope, que imediatamente colocou no bolso interno do casaco. Ele tinha força suficiente para ir para casa, mas necessitava tão nitidamente de ajuda médica que o Dr. Hartwell foi convocado às pressas. Quando o médico o colocou na cama, ele só conseguia murmurar repetidas vezes:

— *Mas o quê, em nome de Deus, podemos fazer?*

O Dr. Armitage dormiu, mas estava um tanto delirante no dia seguinte. Ele não deu explicações a Hartwell, mas em seus momentos mais calmos falou da necessidade imperativa de uma longa conferência com Rice e Morgan. Seus devaneios mais absurdos eram realmente muito surpreendentes, incluindo apelos frenéticos para que algo em certa fazenda vedada fosse destruído, e referências fantásticas a algum plano para a extirpação de toda a raça humana, da vida animal e vegetal da Terra, por alguma terrível raça antiga de seres de outra dimensão. Ele gritava que o mundo estava em perigo, já que as Criaturas Antigas desejavam desmantelá-lo e arrastá-lo para longe do Sistema Solar e do cosmos da matéria para outro plano ou fase da existência da qual havia saído há vigintilhões de eras. Em outros momentos, ele pedia pelo temido *Necronomicon* e pelo *Dæmonolatreia* de Remigius, e parecia esperançoso de encontrar alguma fórmula para conferir o perigo que conjurou.

— Pare-os, pare-os! — repetia ele. — Os Whateley o deixaram sair, e o pior de todos está por vir! Diga a Rice e a Morgan que devemos fazer algo — é apenas um palpite, mas eu sei como fazer o pó... Não foi alimentado desde 2 de agosto, quando Wilbur veio aqui para morrer, e a essa altura...

Mas Armitage tinha um físico saudável, apesar de seus 73 anos, e melhorou após uma noite de sono, sem desenvolver nenhum problema real. Ele acordou tarde na sexta-feira, lúcido, embora sério, com um medo corrosivo e um tremendo senso de responsabilidade. Na tarde de sábado, sentiu-se capaz de ir à biblioteca e convocar Rice e Morgan para uma conferência, e no restante daquele dia, os três homens torturaram seu cérebro na especulação mais selvagem e no debate mais desesperado. Livros estranhos e terríveis foram tirados aos montes das pilhas nas prateleiras e dos locais seguros em que estavam guardados; diagramas e fórmulas foram copiados com uma pressa febril e em uma abundância desconcertante. Não havia nenhum cético ali. Todos os três haviam visto o corpo de Wilbur Whateley estatelado no chão de uma das salas daquele mesmo prédio, e, depois disso, nenhum deles se sentia minimamente inclinado a tratar o diário como simples delírio de um louco.

As opiniões estavam divididas a respeito de notificar a Polícia Estadual de Massachusetts, e o "não" acabou por vencer. Havia coisas envolvidas que simplesmente não poderiam ser aceitas por aqueles que não houvessem visto uma amostra, como de fato ficou claro durante certas investigações que se seguiram. Tarde da noite, a conferência se desfez, sem que houvessem desenvolvido um plano definitivo. Mas, durante o dia de domingo, Armitage esteve ocupado comparando fórmulas e misturando substâncias químicas obtidas no laboratório da faculdade. Quanto mais refletia sobre o diário infernal, mais se inclinava a duvidar da eficácia de qualquer agente material em acabar com a entidade que Wilbur Whateley deixara para trás — a entidade ameaçando a Terra, desconhecida por ele, irromperia em poucas horas e se tornaria o memorável horror de Dunwich.

Segunda-feira foi uma repetição de domingo para o Dr. Armitage, pois a tarefa que tinha em mãos lhe exigiu uma infinidade de pesquisas e experimentos. Novas consultas ao monstruoso diário provocaram diversas mudanças de planos e ele sabia que mesmo ao final muitas incertezas perdurariam. Na terça-feira, já tinha uma linha de ação definida, mapeada, e acreditava poder viajar a Dunwich dentro de uma semana. Então, na quarta-feira, veio o grande choque. Escondida obscuramente em um canto do *Arkham Advertiser* estava uma pequena notícia jocosa do Associated Press, divulgando o monstro que o recorde de whisky contrabandeado de Dunwich criara. Armitage, meio atordoado, só pôde telefonar para Rice e Morgan. Durante a noite, eles debateram, e no dia seguinte houve um turbilhão de preparativos por parte de todos. Armitage sabia que estaria se envolvendo com poderes terríveis, mas, ainda assim, viu que não havia outra maneira de anular o envolvimento mais profundo e maligno que outros fizeram antes dele.

CAPÍTULO
9

Na manhã de sexta-feira, Armitage, Rice e Morgan partiram de carro para Dunwich, chegando ao vilarejo por volta de 13h. O dia estava agradável, mas, mesmo sob os raios de sol mais brilhantes, uma espécie de medo ou presságio silencioso parecia pairar sobre as estranhas colinas arredondadas e pelas profundas e sombrias ravinas da região acometida. Vez ou outra, em alguma parte do topo da montanha, um lúgubre círculo de pedras podia ser vislumbrado no céu. Pelo ar carregado de medo na loja de Osborn, sabiam que alguma coisa hedionda ocorrera, e logo descobriram sobre a aniquilação da casa e da família Elmer Frye. Durante aquela tarde, dirigiram por Dunwich questionando os nativos a respeito de tudo que ocorrera e viram, em crescente agonia, as ruínas desoladoras dos Frye com os restos de um viscoso alcatrão, os blasfemos rastros no quintal, o rebanho ferido de Bishop e as enormes faixas de vegetação revolvida em vários pontos. A trilha que subia e descia a Colina Sentinela parecia, para Armitage, ter uma significância quase cataclísmica, então, permaneceu olhando durante um tempo para a sinistra pedra similar a um altar, no topo do cume.

Por fim, os visitantes, informados sobre um grupo da Polícia Estadual que viera de Aylesbury naquela manhã — em resposta aos primeiros telefonemas sobre a tragédia dos Frye —, decidiram procurar os policiais e comparar suas anotações, na medida do possível. Isso, no entanto, foi mais fácil na teoria do que na prática, uma vez que não havia nem sinal do grupo. Havia cinco deles num carro, mas agora este se encontrava vazio, perto das ruínas no jardim dos Frye. Os nativos, havendo conversado com os policiais, pareceram, a princípio, tão perplexos quanto Armitage e seus companheiros. Então, o velho Sam Hutchins pensou em algo e ficou

pálido, cutucando Fred Farr e apontando para o buraco úmido e profundo que se revelara ali perto.

— Deus! — arquejou — Eu falei pra eles num descê no vale e eu num achava que arguém ia tê corage de descê com aqueles rastro e aquele cheiro e os bacurau tudo berrano embaixo da escuridão do mei-dia...

Um calafrio acometeu igualmente os nativos e os visitantes e todos os ouvidos pareciam atentos em uma espécie de escuta instintiva e inconsciente. Armitage, agora que realmente se deparara com o horror e seus feitos monstruosos, estremeceu com a responsabilidade que sentia ser sua. A noite logo cairia, e era então que a blasfêmia montanhosa se arrastaria sobre seu curso sobrenatural. *Negotium perambulans in tenebris*... O velho bibliotecário recitou a fórmula que memorizara, então agarrou o papel contendo as outras que ainda não havia. Ele viu que sua lanterna elétrica estava funcionando bem. Rice, ao seu lado, tirou de sua mala um pulverizador de metal, do tipo usado contra insetos, ao passo que Morgan tirou o rifle de caça do estojo no qual o guardava, apesar das advertências dos colegas de que nenhuma arma material ajudaria.

Armitage, que havia lido o horrendo diário, sabia bem que tipo de manifestação esperar, mas não acresceu ao medo dos aldeões de Dunwich dando quaisquer dicas ou pistas. Ele esperava que a criatura pudesse ser vencida sem qualquer revelação ao mundo sobre a coisa monstruosa de que escapara. À medida que as sombras aumentavam, os nativos se dispersaram para casa, ansiosos para se trancarem lá dentro, apesar das últimas evidências de que todas as fechaduras e parafusos humanos eram inúteis diante de uma força que podia derrubar árvores e destruir casas quando bem entendesse. Eles balançaram a cabeça ao tomar conhecimento do plano dos visitantes de ficar a postos nas ruínas dos Frye, perto do vale; ao partirem, tinham pouca esperança de rever os vigilantes.

Houve estrondos sob a colina naquela noite e os bacuraus piaram ameaçadoramente. Vez ou outra, uma brisa soprando por sobre o Vale da Primavera Fria trazia o toque de um odor inefável para o ar pesado da noite; os três vigilantes já haviam sentido tal odor outrora, quando estiveram frente à criatura moribunda que se passara por humana durante quinze anos e meio. Mas o terror prenunciado não apareceu. O que quer que estivesse nas profundezas do vale estava levando seu tempo, e Armitage disse para seus colegas que seria suicídio tentar atacá-lo na escuridão.

Amanheceu lividamente e os sons noturnos cessaram. Foi um dia lúgubre e cinzento, chuviscando de vez em quando. Nuvens cada vez mais pesadas pareciam se apinhar para além das montanhas, no sentido noroeste. Os homens de Arkham estavam incertos sobre o que fazer. Buscando abrigo contra a chuva que aumentava sob as poucas dependências dos Frye que não foram destruídas, debateram qual seria a decisão mais sábia: esperar, ou investir na ofensiva e descer o vale em busca de sua presa monstruosa e sem nome. A tempestade se avolumou e estrondos de trovões distantes pareciam vir de horizontes longínquos. Relâmpagos difusos resplandeceram e então um raio bifurcado caiu ao seu lado, como se mirasse o próprio vale amaldiçoado. O céu escureceu e os vigilantes torceram para que a tempestade se mostrasse forte, mas breve, seguida por um céu limpo.

Ainda estava terrivelmente escuro quando, pouco depois de uma hora, ouviu-se um alarido confuso de vozes mais abaixo na estrada. No instante seguinte, avistou-se um grupo assustado, com mais de uma dúzia de homens correndo, gritando e até choramingando histericamente. Alguém que vinha à frente começou a falar entre soluços, e os homens de Arkham se alarmaram violentamente quando as palavras começaram a tomar uma forma coerente.

— Ai, meu Deus, meu Deus — a voz engasgou — tá aconteceno de novo, *e agora de dia*! Tá por aí e tá se mexeno nesse minuto, e só Deus sabe quando que vai arcançá a gente.

Ofegante, o porta-voz fez silêncio, mas outro retomou a mensagem.

— Tem quase uma hora que o Zeb Whateley aqui ouviu o telefone tocano e era a dona Corey, muié do George que vive lá pra baixo desse cruzamento. Ela disse que o minino contratado, o Luther, tava tirano as vaca de debaixo da chuva despois do trovãozão quando viu todas as arvre pendeno dentro da bocona do vale — do lá de lá — e sentiu o mermo cheiro que sentiu quando achô as trilha grande, segunda passada. E ela disse que ele disse que tinha um sussuro, um barui de onda que as arvres e os arbusto caino num podia fazê, e do nada as arvres ao longo da estrada começaro a envergá prum lado só, quando ele ouviu uma pisada respingano lama. Mas, veja bem ocê, Luther num viu nadica de nada, só as arvres caino e o mato vergano.

— Mas, mais pra lá d'onde o riacho dos Bishop corre, ele ouviu a ponte rangê, e disse que sabia de sê o som de madeira começano a quebrá e rachá. E nesse mei-tempo ele num via nada, só as arvres e os arbusto pendeno. E quando os barui de sussuro começaro a se afastá pela estrada, lá pras banda do Fiticeiro Whateley e da Colina Sentinela, Luther teve corage pra subí lá onde ele tinha ouvido os barui primeiro, e olhô pro chão. Só tinha lama e água, e o céu tava escuro, a chuva apagano todas as trilha tão rápido quanto dava; mas lá da boca do vale, onde as arvres tinha envergado, ainda tinha umas pegada horrorosa, grandona por dimais, irguar as qu'ele tinha visto na segunda.

Nesse ponto, o primeiro informante agitado o interrompeu.

— Mas *aquele* num é poblema agora; aquilo foi só o começo. O Zeb aqui tava ligano pro povo, e todo mundo tava ouvino quando ôta ligação da fazenda de Seth Bishop atrapaiô. Sua caseira, Sally, tava prontinha pra matá: ela tinha acabo de vê as arvres pendeno do lá da estrada, e disse que ouviu um barui mei melequento, irguar um elefante bufano e pisoteano o chão no caminho da casa. Intão, ela levantô e falô de um cheiro de pôr medo, e disse que o fío dela, Chancey, tava gritano que era iguarzim o que ele tinha sentido lá nas ruína dos Whateley segunda de manhã. E os cachorro tava tudo latino e choramingano por dimais.

— E intão ela deu um grito pavoroso, e disse que a cabana lá de baixo da estrada tinha cabado de desabá, como se a tempestade tivesse passado por de cima dela, só que a ventania num tava forte o bastante pra fazê isso. Tava todo mundo escutano, e dava inté de ouvir um tantão de gente arquejano no telefone. Do nada Sallay gritô de novo, e disse que a cerca de frente do quintar tinha ruido toda, mesmo que num tivesse nem sinar do quê que tinha aprontado aquilo. E despois todo mundo na linha pudia ouví o Chancey e o véio Seth Bishop berrano também, e Sally tava gritano que arguma coisa pesada tinha dado na casa – num era raio nem nada do tipo, mas arguma coisa pesada tentano de entrá lá na frente, que continuô se jogano de novo e de novo, embora ocê num pudesse era vê nada do lá de fora das janela. E intão... intão..."

Expressões de medo se intensificaram em todos os rostos, e Armitage, assustado como estava, quase não teve compostura para incentivar o informante.

— E intão... Sally gritô "socorro, a casa tá afundano" e... e na linha nóis podia ouvir uma quebradera das feia e o rebain tudo gritano... irguarzim quando tomaro o terreno dos Elmer Frye, só que mais piô...

O homem fez uma pausa, e um outro na multidão retomou.

— Iss'é tudo; nenhum barui nem chiado no telefone despois disso. Só uma carmaria. Nóis ouviu aquilo e saímo com nossos Ford e nossas carroça, e reunimo o maió número de home robusto lá da ardeia que nóis conseguimo pra ir pro Corey, e viemo até aqui pra vê o quê ocês achava mió de fazê. Mas o qu'eu achô mermo é de sê o jugarmento do Sinhô por nossas mardade, que nenhum mortal pode nunca deixá cometê.

Armitage percebeu que o momento para ações positivas havia chegado, e falou decidido para o grupo hesitante de caipiras assustados.

— Devemos segui-la, rapazes. — disse num tom tentando ser o mais reconfortante possível. — Acredito que haja uma chance de tirá-la de circulação. Vocês sabem que aqueles Whateley eram feiticeiros; bom, a verdade é que essa criatura é fruto de feitiçaria, e deve ser abatida pelos mesmos meios. Já vi o diário de Wilbur Whateley e li alguns dos estranhos livros antigos que ele costumava ler, e acredito que eu saiba o exato tipo de feitiço para recitar e fazer com que essa criatura desapareça. Claro, não podemos ter certeza, mas podemos sempre arriscar. É invisível — eu sabia que seria — mas há um pó neste pulverizador de longa distância que talvez o faça aparecer por um segundo. Logo o testaremos. É uma criatura muito terrível para deixarmos viva, mas não é tão ruim quanto o quê Wilbur teria deixado entrar se tivesse vivido por tempo suficiente. Jamais saberão do que o mundo escapou. Agora temos apenas esta criatura para combater, e ela não pode se multiplicar. Pode, no entanto, causar muitos danos, então não devemos hesitar em livrar a comunidade dela.

— Devemos segui-la, e o melhor jeito para começar é indo ao lugar que acaba de ser destruído. Deixem que alguém guie o caminho; não conheço suas estradas muito bem, mas imagino que talvez haja como cortar caminho pelos terrenos. E então?

Os homens se abstiveram por um momento, e então Earl Sawyer falou suavemente, apontando com um dedo sujo pela chuva que diminuía gradualmente.

– Acredito que ocês possa chegá no Seth Bishop rapidim cortano caminho pelas raíz mais baixa, por aqui, desceno pelo riacho lá de baixo e subino pela montanha Carrier e pela maderera mais despois de lá. Isso dá lá na estrada mais arta, bem pertim da fazenda do Seth, só um pouquim mais pro lado.

Armitage, acompanhado por Rice e Morgan, começou a caminhar na direção indicada, e a maioria dos nativos seguiu pesarosamente. O céu estava clareando, e parecia que a tempestade estava se afastando. Quando Armitage acidentalmente seguiu pela direção errada, Joe Osborn advertiu-o e foi à frente para mostrá-lo o caminho certo. Coragem e convicção instauravam-se, embora o crepúsculo que caía na colina arborizada quase perpendicular – próxima ao fim do atalho que tomaram, no qual tinham que escalar antigas árvores fenomenais como se fossem escadas – botasse essas qualidades à prova.

Finalmente, chegaram à estrada lamacenta, a tempo de ver o sol nascendo. Estavam um pouco além do terreno de Seth Bishop, mas árvores reclinadas e um rastro terrivelmente inconfundível mostravam o que havia passado por lá. Apenas poucos segundos foram necessários para perscrutar as ruínas em torno do cruzamento. Era como ver o incidente nos Frye novamente, e nada vivo ou morto pôde ser encontrado em qualquer umas das conchas destruídas, que foram outrora a casa e o celeiro dos Bishop. Ninguém se importou em permanecer ali, em meio ao odor e ao visco de alcatrão, mas todos se viraram instintivamente para o terrível rastro de pegadas que levava à fazenda destruída dos Whateley e às encostas coroadas com altares da Colina Sentinela.

Enquanto os homens passavam pelo terreno em que Wilbur Whateley morara, estremeceram visivelmente, e pareciam se sentir novamente em uma mistura de zelo e hesitação. Não era brincadeira rastrear algo tão grande quanto uma casa e que ninguém conseguia ver, mas a criatura tinha toda a vilania viciosa de um demônio. Do outro lado da base da Colina Sentinela os rastros saíam da estrada, e havia novas curvas e emaranhados visíveis ao longo da larga faixa que marcava a primeira passagem do monstro, descendo e subindo até o cume.

Armitage produzira um telescópio retrátil de alcance considerável, e escaneou a encosta silvada e íngreme da colina. Então, entregou o instrumento a Morgan, cuja visão era mais aguçada. Após contemplar por um momento, Morgan deu um grito pungente, entregando o objeto para Earl Sawyer e apontando para um lugar específico na encosta. Sawyer, tão desajeitado quanto a maior parte dos que não usam aparelhos para a visão, atrapalhou-se por um instante, mas eventualmente focalizou as lentes com a ajuda de Armitage. Quando o fez, seu grito foi ainda menos contido que o de Morgan.

— Deus todo poderoso, o capim e os arbusto tão mexeno! Tão subino devagarim, rastejano lá pro arto nesse minuto, só Deus sabe por cadiquê.

Então, o gérmen de pânico pareceu se espalhar entre os exploradores. Uma coisa era seguir a entidade sem nome, outra completamente diferente era encontrá-la. Feitiços talvez funcionassem, mas, e se não fosse o caso? Vozes começaram a questionar Armitage sobre o que ele sabia a respeito da criatura, mas nenhuma resposta parecia satisfazê-las. Todos pareciam sentir que se aproximavam de fases da natureza e de seres completamente proibidos, completamente alheios à sã experiência humana.

CAPÍTULO

~10~

Finalmente, os três homens de Arkham — o velho Dr. Armitage com sua barba branca, o robusto e grisalho Professor Rice, e o esguio e jovial Doutor Morgan — subiram a montanha sozinhos. Após instruções muito pacientes sobre sua focagem e uso, deixaram o telescópio com o grupo aterrorizado que continuaria na estrada, e, enquanto subiam, eram observados de perto por aqueles que compartilhavam os "óculos". Era difícil subir, e Armitage teve de ser ajudado mais de uma vez. Bem acima do grupo destemido, a grande encosta estremeceu quando seu criador infernal passou novamente com a lentidão de uma lesma. Então, tornou-se óbvio que seus perseguidores estavam se aproximando.

Curtis Whateley — do ramo não decadente — era quem segurava o telescópio quando o grupo de Arkham se desviou abruptamente da encosta. Ele disse à multidão que os homens aparentemente tentavam alcançar um pico menor, que dava vista para a encosta em um ponto consideravelmente à frente de onde o matagal agora pendia. Isso, de fato, mostrou-se verdade, pois o grupo foi visto conquistando a elevação mais baixa pouco depois do mal invisível ter passado por lá.

Então, Wesley Corey, que pegara o telescópio, gritou que Armitage estava ajustando o pulverizador segurado por Rice e que alguma coisa deveria estar a ponto de acontecer. A multidão se agitou, inquieta, lembrando-se de que esse pulverizador supostamente tornaria o horror invisível visível por um momento. Dois ou três homens fecharam os olhos, mas Curtis Whatley pegou o telescópio de volta e forçou a vista ao máximo. Viu que Rice, do ponto vantajoso em que o grupo estava — acima e atrás da entidade —, tinha uma excelente chance de pulverizar o pó, com um efeito magnífico.

Aqueles sem o telescópio viram apenas o breve clarão de uma nuvem acinzentada, quase do tamanho de um prédio mediano, próxima ao topo da montanha. Curtis, que segurava o instrumento, deixou-o cair com um grito lancinante na lama da estrada, que já estava na altura dos tornozelos. Ele cambaleou, e teria caído no chão se dois ou três homens não o houvessem segurado e estabilizado. Tudo que conseguia fazer era gaguejar de maneira quase inaudível.

— Ai, ai meu Deus, *aquilo … aquilo…*

— Ai, ai meu Deus, *aquilo … aquilo…*

Houve um pandemônio de questionamentos e apenas Harry Wheeler pensou em resgatar o telescópio caído e limpá-lo. Curtis havia abandonado qualquer coerência e mesmo respostas isoladas eram quase demais para ele.

— Maió q'um celeiro... todo feito de corda turcida... parece de tê o formato dum ovo de galinha, mais grande que quarquer coisa, cum dúzias de pernas irguar uns barril que fecha no mei quando pisa... nadica de sólido — tudo irguar gelatina e feito dum monte de cordas returcida, que se juntavam agarradim... uns oio grande e esbugaiado nela toda... dez ou vinte bocas ou trombas pulano das laterar dela, grande irguar chaminé, tudo se mexeno e abrino e fechano... tudo cinza, cuns tipo de anel azur ou roxo... *e ai meu Deusim do Céu... aquele projeto de cara no arto!..*

Essa lembrança final, o que quer que seja, significou muito para o pobre Curtis, que desmaiou antes que pudesse falar qualquer outra coisa. Fred Farr e Will Hutchins o carregaram para a beira da estrada e deitaram-no na grama úmida. Henry Wheeler, trêmulo, virou o telescópio resgatado em direção à montanha, para tentar ver o que conseguisse. Pelas lentes podia discernir três pequenas figuras, aparentemente correndo em direção ao cume tão rápido quanto a encosta inclinada permitia. Apenas eles, nada mais. Então, todos notaram um estranho, atípico barulho nas profundezas do vale de trás, e mesmo nos arbustos da própria Colina Sentinela. Era o piar de inumeráveis noitibós, e seu coro estridente parecia encobrir uma nota de expectativa, tensa e maligna.

Earl Sawyer detinha agora o telescópio, e relatou que as três figuras estavam no cume mais elevado, praticamente no mesmo nível da pedra altar, mas a uma distância considerável dela. Uma figura, disse, parecia erguer suas mãos sobre a cabeça em intervalos ritmados, e enquanto Sawyer narrava as circunstâncias, a multidão parecia ouvir um leve e meló-

dico som à distância, como se um cântico alto acompanhasse os gestos. A estranha silhueta naquele remoto pico deve ter sido um espetáculo de caráter grotesco e impressionante, mas nenhum observador estava no clima para apreciações estéticas.

— Imagino que ele teja falano o feitiço — sussurrou Wheeler ao devolver o telescópio. Os bacuraus estavam piando furiosamente em um ritmo curioso e irregular, bem diferente daquele do ritual.

De repente, a luz do sol diminuiu sem a intervenção de qualquer nuvem perceptível. Era um fenômeno muito peculiar e foi nitidamente notado por todos. Um som retumbante pareceu acrescer sob as colinas, estranhamente mesclado a outro estrondo concordante, sem dúvidas vindo do céu. Um raio brilhou ao alto, e a multidão curiosa procurou em vão pelos prenúncios de uma tempestade. Os homens de Arkham cantando eram então inconfundíveis, e Wheeler viu, através do telescópio, que todos estavam erguendo seus braços no ritmo do encantamento. De alguma casa muito distante ouviu-se o frenético latir dos cães.

A mudança na qualidade da luz do dia aumentou, e a multidão olhou em direção ao horizonte, surpresa. Uma escuridão púrpura, nascida de um simples agravamento espectral no azul do céu, desceu sobre as estrondosas colinas. Então, um relâmpago brilhou novamente, um pouco mais claro que a primeira vez, e a multidão fantasiou que havia se formado uma espécie de nebulosa em torno da pedra-altar ao longe. Ninguém, no entanto, estava usando o telescópio naquele instante. Os bacuraus prosseguiram em sua pulsação irregular e os homens de Dunwich se prepararam, tensos, para alguma ameaça incomensurável que parecia sobrecarregar a atmosfera.

Sem aviso prévio, surgiram sons profundos, cortantes e roucos, que nunca sairão da memória do abatido grupo que os ouvira. Não nascera de nenhuma garganta humana, posto que os órgãos dos homens não podem proferir tamanha perversão acústica. Era bem provável que alguém dissesse ter vindo do próprio abismo, não fosse sua fonte, a pedra-altar no cume, tão nítida. É quase errôneo chamá-los de *sons*, já que muito de seu timbre lívido e infrabaixo comunicava-se com cantos obscuros da consciência, com um terror muito sútil para os ouvidos; no entanto, é necessário que assim o chamemos, uma vez que sua forma era incontestavelmente, embora de maneira vaga, a de *palavras* semi- articuladas. Eram altas, tão altas quanto os estrondos e os trovões que ecoavam abaixo, e ainda assim não vinham de nenhum ser visível. E dado que a imaginação às vezes sugere uma fonte hipotética no mundo de seres invisíveis, a multidão desordenada na base da montanha amontoou-se ainda mais, e estremeceu na expectativa de uma explosão.

— *Ygnaiih ... ygnaiih ... thflthkh'ngha ... Yog-Sothoth....* — soava o terrível coaxar vindo de outro canto. – *Y'bthnk ... h'ehye ... n'grkdl'lh....*

O impulso para falar pareceu vacilar, então, como se alguma dificuldade psíquica estivesse o acometendo. Henry Wheeler semicerrou os olhos através do telescópio, mas viu apenas as silhuetas das três figuras grotescamente humanas no topo, todas movendo os braços furiosamente em gestos estranhos, enquanto seu cântico aproximava-se do ápice. De quais poços escuros de medo ou sentimentos no Aqueronte, de quais golfos inexplorados de consciência extra cósmica, ou de que hereditariedade obscura e latente vieram aqueles coaxares trovejantes e semi-articulados?

Nesta hora começaram a unir forças e coerência renovadas, enquanto cresciam em seu resoluto, completo e derradeiro frenesi.

— *Eh-ya-ya-ya-yahaah... e'yaya-yayaaaa... ngh'aaaa... ngh'aaaa...* h'yuh... h'yuh... SOCORRO! SOCORRO!.. pp – pp – pp – PAI! PAI! YOG-SOTHOTH!...

Mas aquilo foi tudo. O grupo pálido na estrada, ainda se recuperando das sílabas *incontestavelmente inglesas* que caíam fortes e trovejantes do vazio frenético ao lado da pedra-altar, jamais ouviria tais sílabas novamente. Em vez disso, pularam violentamente com o terrível rumor que parecia dilacerar as colinas: o ressoar ensurdecedor do cataclisma, cuja fonte, os céus ou o âmago da terra, nenhum ouvinte jamais pôde decifrar. Um único relâmpago disparou do zênite púrpura para a pedra-altar, e um tsunami, de força invisível e cheiro indescritível, varreu a montanha em direção à aldeia. Árvores, grama e arbustos foram carregados por tal fúria, e a multidão assustada na base da montanha, enfraquecida pelo odor letal prestes a asfixiá-la, foi quase arremessada pelo ar. Cachorros latiam à distância, a relva e a folhagem verde murcharam em um curioso, doentio amarelo-acinzentado, e sobre o campo e a floresta estavam espalhados corpos de noitibós mortos.

O odor rapidamente se esvaiu, mas a vegetação jamais voltou a ser o que era. Até hoje há algo de estranho e profano no que cresce sobre e em volta da assustadora colina. Curtis Whateley estava retomando consciência quando os homens de Arkham desceram lentamente a montanha, sob a luz de um sol mais uma vez brilhante e imaculado. Estavam sérios e quietos; pareciam afetados pelas memórias e reflexões, ainda mais terríveis que aquelas que subjugaram o grupo de nativos a um estado de tremor covarde. Em resposta a afluência de perguntas, apenas balançaram a cabeça e reafirmaram um fato vital.

— A criatura foi embora para sempre — disse Armitage. — Repartiu-se de novo no que fora outrora e jamais poderá voltar a existir. Era uma impossibilidade em um mundo normal. Apenas a menor fração dela era de fato matéria, em qualquer sentido que o compreendamos. Era como seu pai – e voltou majoritariamente para ele, em algum lugar vago, ou dimensão fora de nosso universo material; algum abismo vago do qual apenas os ritos mais amaldiçoados da blasfêmia humana poderiam tê-la chamado, por um momento, sobre as colinas.

Houve um breve silêncio, e, naquela pausa, os sentidos afetados do pobre Curtis Whateley começaram a voltar ao normal, de modo que pôs as mãos na cabeça, gemendo. A memória pareceu retomar o momento em que havia partido, e o horror da visão que o atingira se lançou sobre ele novamente.

— *Ai, ai, meu Deus, aquele projeto de cara... aquele projeto de cara no arto... aquela cara cuns oio vermelho e cabelo arbino enroladim e desqueixada, irguar os Whateleys... Era um tipo de porvo, centopeia, aranha, sei lá, mas tinha um projeto de cara humana no arto daquilo, e parecia cum o feiticeiro Whateley, só que muito, mais muito maió...*

Ele pausou, exausto, enquanto todo o grupo de nativos o encarava, em uma perplexidade que ainda não se cristalizara totalmente após o novo horror. Apenas o velho Zebulon Whateley, que em seus devaneios lembrou-se de coisas antigas sobre as quais estivera em silêncio, até então, falou em voz alta.

— *Quinze ano atrás* — divagou ele — *ouvi o véio Whateley dizê que um dia nois ia de ouvi o fío de Lavinha chamano o nome do pai dele lá do arto da Colina Sentinela...*

Mas Joe Osborn o interrompeu para questionar os homens de Arkham novamente.

— *Quê que era aquilo, afinar,* e cumé que o jovi Feiticeiro Whateley chamô aquilo de lá daquelas banda?

Armitage escolheu suas palavras cuidadosamente.

— Era... bom, era sobretudo um tipo de força que não pertence a nossa parte do espaço, um tipo de força que age, cresce e se molda sob leis diferentes das de nossa Natureza. Não tem porque chamarmos por essas coisas vindas de fora, e apenas pessoas e cultos muito perversos tentam fazê-lo. Havia algo disso no próprio Wilbur Whateley, o suficiente para fazer dele um monstro precoce e diabólico, e de seu colapso uma visão particularmente terrível. Queimarei seu diário amaldiçoado, e se vocês forem espertos, colocarão dinamites naquela pedra-altar, e destruirão todos os anéis de pedras que ainda resistem nas outras colinas. Esse tipo de coisa trouxe os entes que aqueles Whateleys tanto apreciavam; os entes que eles iam deixar entrar, sem dúvidas, para extinguir a raça humana e arrastar a terra para algum lugar inominável, para algum propósito inominável.

— Mas quanto a esta criatura que acabamos de mandar de volta, os Whateley a criaram para uma parte terrível nos feitos que estavam por vir. Cresceu muito e rapidamente, pelo mesmo motivo que Wilbur crescera muito e rapidamente; mas ultrapassou-o, pois possuía mais do *estrangeirismo* em si. Não precisam perguntar como Wilbur a chamou pelo ar. Ele não a chamou. *Foi seu irmão gêmeo, que se parecia mais com o pai do que ele.*

Sobre o Autor

Howard Phillips Lovecraft, nascido em Providence, Rhode Island, foi um autor americano de horror, fantasia e ficção científica. Precursor do horror cósmico, em que a vida é incompreensível para a mente humana, e o universo é, em essência, alienígena, Lovecraft adquiriu uma legião de seguidores a partir de seus Mitos de Cthulhu, uma coletânea de ficções sutilmente interconectadas que apresenta um panteão de entidades anti-humanas, e o Necronomicon, um grimório fictício de ritos mágicos e lendas proibidas. É considerado um dos mais influentes escritores de horror do século XX, ampla e indiretamente, sendo com frequência comparado a Edgar Allan Poe.

Este livro foi impresso nas oficinas gráficas da Editora Vozes Ltda.,
Rua Frei Luís, 100 – Petrópolis, RJ.